ハヤカワ・ミステリ文庫

〈HM(439)-11〉

三時間の導線

〔上〕

アンデシュ・ルースルンド

清水由貴子・喜多代恵理子訳

早川書房

8669

TRE TIMMAR

by

Anders Roslund

Translated by
Yukiko Shimizu & Eriko Kitadai
First published 2021 in Japan by
HAYAKAWA PUBLISHING, INC.
This book is published in Japan by
arrangement with
SALOMONSSON AGENCY
through JAPAN UNI AGENCY, INC., TOKYO.

大切な仲間で友人のベリエ・ヘルストレムを偲(しの)んで

ノルウェー
アーランダ空港
ストックホルム
スウェーデン
デンマーク
コペンハーゲン
グダニスク
ポーランド
ドイツ
フランス
イタリア
サレルノ
チュニス
マルタ
ランペドゥーサ島
アルジェ
チュニジア
トリポリ
ザルジス
ズワーラ
サブラタ
アルジェリア
リビア
マリ
ニジェール
アガデス
フィリンゲ
セネガル
ニアメ
ブルキナファソ
トーゴ
ベナン
N
W
E
S

→至　リディンゲ橋
ヴァータハムネン港
リディンゲ島
テーゲルウッド通り
エーレグルンド通り
ヤーデット
ヴァルハラ通り
エステルマルム
エステルマルム広場
ルム
・グスタフ・アドルフ広場
・外務省
ユールゴーデン
ガムラスタン
(旧市街)
ストックホルム詳細図
→至　グスタフスベリ

N
W
E
S
↑至　ソルナ
カロリンスカ
大学病院
ヴァーナディース通り
ヴァーナディースルンデン公園
スヴェア通り
ヴァーサスタン
ノルマ
聖クララ教会
聖ヨーラン病院
クングスホルメン
クロノベリ地区
ベリィ通り
警察本部
ストックホルム
中央駅
ヴェステル橋
セーデルマルム
ホルン通り
リング通り
ストックホルム南病院
至　エンシェーデ↓

三時間の導線

〔上〕

登場人物

エーヴェルト・グレーンス……………ストックホルム市警警部
スヴェン・スンドクヴィスト
マリアナ・ヘルマンソン ｝………同警部補
エリック・ウィルソン………………同犯罪捜査部部長
ルードヴィッグ・エルフォシュ………法医学者
ラウラ……………………………………ストックホルム南病院の解剖技術者
トール・ディクソン……………………スウェーデン外務省の職員

ピート・ホフマン・コズロウ…………元潜入捜査員
フランク…………………………………民間警備会社の社員
オマール…………………………………密航組織のリーダー
アリソン
イドリス ｝……………………………密航者
ソフィア…………………………………ピートの妻。難民の子どもたちの教師
ヒューゴー………………………………ピートとソフィアの長男
ラスムス…………………………………ヒューゴーの弟
アマドゥ…………………………………ソフィアの生徒

第一部

となりに横たわっている男は数日前に死んだ。左側に精いっぱい手を伸ばして彼の頬に触れると、死んだら身体の内側がそうなると想像していたとおりに、冷たくてぴくりともしなかった。

右側の男が死んだのは、もっと前で、旅が始まってすぐだった。真っ先に息が途絶えた年寄りのひとり。いつでもいちばん弱い存在だ。それから僕の下の男、ちょうど真下、上から二番目にいる男は、つい何時間か前までは深くゆっくりと呼吸していたのに、揺れる海を思わせるそのリズムは、止まった。

静まりかえっていた。

何か尖（とが）ったものが金属の上で引きずられているような、向こう側の壁を引っかく音を除けば。

叫びたい。大声で助けを求めたい。

でも、酸素を無駄にするわけにはいかない。

まだ希望は捨てていなかった——あきらめていない人は、たぶんほかにもいる。

息をのむほど美しい。

多島海でよく見かける白い船が、煙を吐きながらバルト海の穏やかな波間を進んでいた。カモメやアジサシが後を追い、ときおり泡立つ水面に飛びこんでは、くちばしのあいだでぴちぴち動く獲物をくわえて飛び去る。心地よい陽射しが、わずかにしわのある顔を照らす六月の朝――これ以上の生活は望むべくもない。

エーヴェルト・グレーンスは、毎週月曜日の朝に腰を下ろす岩に座っていた。歳月によってほどよく削られた背の高い平らな岩は、少しずつ年老いていく長身の男にぴったりだった。

介護ホームと、かつて彼女のものだった窓に近い、彼だけの特等席。あの窓から、彼女は蚊帳（かや）の外に置かれた自身の人生で三十年近く、毎日外を眺めていた。ふたりで分かちあった人生。いまでは別の誰かが彼女の部屋で暮らしているが、どんな人物なのかも知らなかった。

「グレーンス警部」

彼はわずかにびくっとした。例の声か？　過去の。

「ちょっと待っててください。いま行きます」

声の主はスサンヌ、はるか昔にアンニの世話をしていたスタッフだった。その後、彼女は高齢者専門の医師になった。そのスサンヌが介護ホームの新しい建物の入口から出てきて、颯爽とした足取りでこちらにやってきたかと思うと、目の前で立ち止まって視界をさえぎった。

「前回、お話ししたときには、あなたは十二週間続けて月曜日の朝に彼女の窓の外に座っていた。私は放っておくことにしました。だけど、あれから……四年になりますか？　なのに、まだここに座ってらっしゃるんですね」

「ときどき立ち上がっていた」

「前回、私が言ったことを覚えてますか？　あなたはご自分を傷つけている。悲しみのために時間を作って、悲しみのために生きている。悲しみとともにではなくて。あなたが恐れていることは、すでに起きてしまった」

「覚えている。一言一句」

「なんとも思ってらっしゃらないようですね」

エーヴェルト・グレーンスは、いつもと同じようにした——明かりのついた部屋の窓に目を向けた。アンニなら、こんなに早くは起きないだろう。彼女は寝坊するのが好きだった。といっても一日じゅう横になっていたが。

「あいつがもういないのは知っている」

「私はこう言ったんです、警部。もうここであなたにお会いしたくはないと」

エーヴェルトは岩の椅子から立ち上がった。

「それも知ってるよ、あんたがよかれと思ってそう言ったのも」

そして、ほほ笑んだ。

「だが、俺はこれからもここに座りつづける。あと四年間、毎週月曜日の夜明けに」

賢さでは一生かないそうもない若い女性をその場に残し、エーヴェルトは来訪者用の狭い駐車場に一台だけ駐まっている車へ向かい、ドアを開ける直前に振り向いた。

「正気を保つには、そうするしかないんだ」

彼は大声で叫んだ。

「わかるか？」

スサンヌは介護ホームの正面入口へ続く階段の横で段に片手を置いたまま、答えを考えているかのように彼を見つめた。そして、かすかに、けれどもはっきりとうなずいてから建物の中に戻った。

グレンスは、まだ眠りに包まれたリディンゲー——ストックホルムに近い島——を横切り、毎回車を停める橋まで来ると、最後にもう一度だけ、きらめく水面を見つめた。窓を開け、気だるい風を肌に感じたとき、ダッシュボードの無線機が雑音とともに呼びかけてきた。

「エーヴェルト？」

たとえ上司のウィルソンでも、この瞬間を邪魔する権利はない。

「エーヴェルト、いるんですか？」

怒鳴っても無駄だ。いまはプライベートの時間だ。

「エーヴェルト、電話をかけたんですが、電源が入っていませんでした。聞こえていれば、すぐに連絡をください。たったいま寄せられた通報を、あなたにも聞いてほしい」

無線機の右側にカセットデッキが置いてあった。先代のデッキが最後の音を鳴らしてから、何週間もかけて探したものだ。最近ではカセットデッキはほとんど市場に出まわっていない。それがなんなのか、知らない店員もいたくらいだ。救いの手を差し伸べてくれたのは、ストレングネース郊外のスクラップ業者だった。二曲。その二曲が流れるあいだは、ここに座っているつもりだった。それが終わるまで、いつもそうしている。緊急であろうとなかろうと。

あなたはいちばんきれいなチューリップを差し出して
「昨日のことはすべて忘れて」と言う

シーヴ・マルムクヴィスト。レパートリーを編集したテープ。まずは『エブリバディズ・サムバディズ・フール』のスウェーデン語版、一番のお気に入りだ。続いて、忘れられた名曲『トゥデイズ・ティアドロップス』。

はじめてあなたに裏切られたとき　帰ってから長椅子にもたれて泣いた

六〇年代の美しい歌声に、心が落ち着いた。歌詞も、周囲にはばかにされるが、彼は聴いてはいなかった。意味のない韻は、もはや耳に入ってこない。ただ身をゆだねていた。

「エーヴェルト？　応答してください……」

またしても無線。またしてもウィルソン。

「……いないんですか？」

シーヴ・マルムクヴィストは歌い終えた。橋の上での休憩と、かつてアンニの世界だった場所で岩に座って過ごす朝のおかげで、また一日、一週間を乗り切る力が湧いてきた。

しかたなく応答する。

「グレーンスだ」

「エーヴェルト、いったいどこに――」

「ここにいる」

エリック・ウィルソンは押し黙り、冷静になろうとするかのように、咳払いをして口調を変えた。

「エーヴェルト、ただちにストックホルム南病院へ向かってくれませんか。警察本部に寄る必要はありません。そこの遺体安置所に直行してください」

リディンゲ橋を渡ったエーヴェルトは環状高速道路の北部セクションを走っていた。中心街を突っ切るよりも、まわり道をするほうがはるかに楽だった。

「遺体安置所？」

「三十分ほど前に、そこで解剖技術者が死体を発見しました。男性の死体です」

「当たり前だろう。それが彼らの仕事なんだから。死体を扱うのが。それだけか？」

「死人がひとり多いんです」

「謎解きか、ウィルソン」

「死体が一体、多いんです」

「まだわからないが」

「今朝(けさ)、六時ちょっと過ぎに技術者が出勤して、最初に保冷庫に入ったときに、どこかおかしいと感じたそうです。もう一度見てまわったんですが、ますます違和感を覚えた。それで死体を数えてみたんです。昨日、帰宅する際には十七体が保管されていました。その後、朝までのあいだに病院で五名が死亡した。つまり合計で二十二体のはずです」

「で？」

「二十三。二十三体あるんです、何度数えても」

グレーンス警部は追い越し車線に移動してスピードを上げた。

「どれか一体は、そこにあるべき死体じゃないんです、エーヴェルト。死亡診断書も記録もない死体が紛れこんでいます。身元も経歴もわからない死人。そもそも存在しない」

るかもしれない。

　もう一度だけ。

　ゆっくり吸って、できるだけ長く肺に留めてから、少しずつ吐き出せば、息が長持ちするかもしれない。

　たぶん三、四日、ひょっとしたら五日間、こうやって横たわっているはずだけど、はっきりとはわからない。周囲は真っ暗で、最初に彼らがのぞきこんだ小さな穴は消えてしまった。何秒が何時間になって何日になって——朝も夜も、ずっと暗闇に包まれている。

　ちょっとでも動くのを感じてから、ずいぶん時間が経っていた。

　最後は間違いなく、僕たちが横たわっているコンテナが持ち上げられたときだった。一瞬、宙に浮かんで、吊り下げられて大きく揺れたかと思うと、勢いよく地面に落とされたけれど、僕の下に重なりあったいくつもの身体が衝撃音を吸収した。

　巨大な棺が墓に投げこまれる、まさにそんな感じだった。

ストックホルム南病院の救急外来は、壁沿いに患者がずらりと並び、椅子もすべて埋まり、すでに満杯の診察室に入れないけが人が担架に横たわっていた。そういった類の朝だった。発砲事件や暴行が数件に、環状高速道路の南部セクションで玉突き事故が一件。正面玄関から入るべきだったが、いつもの習慣で、エーヴェルト・グレーンスは救急搬入口近くに並んだ救急車のわきに車を駐めた。前回、遺体安置所で緊急事態が発生した際には、手術室のひと部屋を臨時の司令部として使用した。売春組織に売られてやけになった女性が、遺体安置所に爆薬を仕掛け、医師一名と医学生数名を人質に取ったのだ。エーヴェルトはあのときと同じ廊下を進んだが、心境は異なった。当時は死が身近に迫っていた。今日は、死はすでに到達し、ここに入りこんでいる。

余分な死体。

余分な死者。

「おはようございます」

五十代とおぼしき解剖技術者が、約束どおり、遺体安置所の重厚な鋼鉄製扉の前で待っていた。好奇心に満ちあふれた目の女性。口元にはやわらかな笑みを浮かべている。日がな一日死人を切り刻んでいる人物が、どうしたらこんなに溌溂としていられるのか、グレーンスには理解できなかった。

「ラウラです。通報したのは私です」

白衣、もう一枚の皮膚のようなビニールのエプロン、首にぶら下げたマスク、そしてビニールの手袋をはずしてから差し出される手。

「ご心配なく。まだ、ほとんど汚れてませんから。今日最初の解剖は、予定を遅らせることになりそうです」

グレーンスが手を握ると、ラウラはついてくるよう合図して狭い通路を進み、オフィスと記録保管室を通って、解剖室へと彼を案内した。

「いつもと変わらない朝でした。コーヒーを一杯——正確には何杯か——飲みながら書類に目を通して、新しい患者を保管棚に移す準備を始めたんです。ちなみに、私は〝患者〟と呼んでいます。死体も遺体も、なんだかしっくりこなくて」

ラウラが奥のドアを開けると、解剖室よりもさらに広い空間が現われた。保冷庫だ。

煌々と照らす天井の照明、作業台の上の温度計によると、室温は摂氏八度。彼女の言う棚はステンレス製で、それぞれ三段、十二のスペースに仕切られており、キャスターを転がして白いタイルの壁の解剖室まで運ぶ仕組みになっていた。

「年配の男性が三名、若い女性と六歳の子どもが一名ずつ。書類によると、以上が新しい患者です。ひとりずつ持ち上げました。いつも使ってる、小さなクレーンのような機械があるんです。腰を痛めないように」

奇妙なにおい。解剖室にいたときよりも強く感じた。肉。肉のにおいに似ている。

「まったくいつもどおりの朝だったんです――あのときまで。患者を移動させているときに気づきました……なんだか多いって。患者の数が」

いちばん手前のステンレスの棚は、八カ所が占有され、四カ所が空いていた。ぴくりともしない身体が白い布にくるまれ、それぞれ中央の部分に小さな赤い名札がつけられている。

「三度、数えました。それでも、コンピューター上の記録とくらべてみたら合わないんです。かならず、ひとり多くて。それで、こうやって全員引っ張り出して、名札を確認して、顔を確認して、それから必要に応じて、身元を判別する特徴を確認しました」

ラウラはまたしてもほほ笑んだ。この場所で、こんな状況で笑みを浮かべるなど、ふつうならぞっとする。というより、正気とは思えない。だが、彼女のほほ笑みは違った。エーヴェルト・グレーンスのとなりに立っている女性は、ここを訪ねてくる者がくつろげないと知っていて、できるだけ穏やかに話そうとしている。そして、ラウラの試みは功を奏した。温かな心からのほほ笑みに、グレーンスは気が楽になった。遺体安置所には慣れており――大都市の刑事であれば当然だ――いつもは冗談や皮肉を言いながら、片脚を握りしめたりして、何かに執拗に触れることで気まずさをごまかす。だが、今日はその必要はなかった。ラウラはステンレスの棚の下段の右端を引き出した。中身は人間のサイズの白い包みだ。グレーンスは平静を保ちつつ背後からのぞきこんだ。

「ここには解剖が終わっていない患者を保管します。臓器を取り除く準備をしていたんです。法医学者が死因を特定できるように」

解剖室を通ったとき、グレーンスは容器があるのに気づいていた。かつてひとりの人間の一部だった臓器が取り出され、ふたたび戻されるまでのあいだ、その中に保管されているのだ。

「見てください。私の患者でないのは、この人です。数が合わない遺体です」

ラウラが白い布を剝がすと、男性が姿を現わした。動きも生命力も失われているにもかかわらず、首の一部が白っぽくなっているのがわかる浅黒い肌。短い髪、かなりの痩せ型、年齢は三十歳前後。少なくともグレーンスにはそう見えた。死者の年齢は推測が難しい。

「ほかの患者と同じように裸で、同じように白い布で包まれていました。判読はできませんが、赤い名札もつけられていたんです。でも、彼に関する記録はありません。未登録です。それに、昨晩はこの棚にいなかった。帰る前には数えませんでしたが、はっきり断言できます。それが私の仕事ですから。患者には細心の注意を払ってるんです。上の階で、医師や看護師が生きている患者に接するのとまったく同じように」

解剖技術者のラウラは、エーヴェルト・グレーンスの腕にそっと手を置いた。おそらく、いま言ったことが自分にとってどんなに重要かを強調するために。目の前の出来事が理解できないことに不安になって。あるいは、これも来訪者を安心させるためのしぐさなのかもしれない。いずれにしても、グレーンスはその手を振りはらわなかった。日ごろはそうした接触を避けているにもかかわらず。

死者のための部屋で、ふたりきり。どういうわけか心地よく感じた。

「以前にもこういうことが？」

「どういう意味ですか？」

「身元不明の死体が紛れこんだことは？」

「いいえ、一度も」

エーヴェルトは虚空を見つめる顔の上に身をかがめ、慎重に布をめくって裸体をあらわにした。

傷はない。見たところ。

外見的には暴力を受けた痕跡のない、健康そうな男性。エーヴェルト・グレーンスの目は、見るからに寒い保冷庫をすばやく見まわした。

おまえは誰だ？

なぜ死んだ？

どうやってここまで来たんだ？

彼女の名を呼んだ。

アリソン。

話をしてはいけないのはわかっている。そう命じられた。けれども、この一日のあいだに呼吸の音がやんで、金属を引っかく音も聞こえなくなり、悪臭が腐敗臭になると、呼ばずにはいられなかった。

アリソン。

彼女は答えなかった。

だから、もう一度叫んだ。答えてくれるなら誰でもかまわなかった。でも、声は狭苦しい空間に呑みこまれた。返事はない。

あえて無視しているのだろう。

それとも、僕はひとりになってしまったのか。前は、あんなにおおぜいいたのに。僕が最後の生き残りなのだろうか。

なんと奇妙な朝だろう。

出だしは申し分なかった。かつてのアンニの窓の外で、いつもの岩に腰を下ろして。それなのに、身元不明の死人を追いかけて、遺体安置所をはしごするはめになった。今朝の通報により正式な捜査が開始され、舞台はソルナ法医学局に移されたのだ。

およそ一時間後、エーヴェルト・グレーンスは、光を反射する金属製のストレッチャーに横たわった、いまだ名のない若い男の遺体を照らし出す、まばゆいライトのそばに立っていた。

「死斑の広がり。死後硬直の進行。だが、瞳孔括約筋は明らかに光に反応する。それから、これだ、エーヴェルト……」

ルードヴィッグ・エルフォシュ――長年のうちにグレーンスが信頼を寄せるようになった数少ない法医学者のひとり――は針を目に刺し、瞳孔からシリンジに吸い上げたものを試験管に移した。

「硝子体液のカリウム含有量を測定すると、増えているのがわかる。おそらく……一日を少し過ぎたくらいだろう。二十五時間、最大でも三十時間前。それが彼が最後に呼吸をした時刻だ」

グレーンスは落ち着きが不穏に取って代わられるのを感じた。

解剖技術者の温かいほほ笑みに感じた、心地よいやすらぎは、いまやグレーンスの人生で唯一の連れ合いとなっている苛立ちによって打ち砕かれた。

「死亡推定時刻が判明したところで、こいつが誰なのかはちっともわからない」

「両目の、ちょうど瞼の内側の白目の部分に少量の出血が見られる」

「で?」

「窒息死だ、エーヴェルト」

「死因も身元の特定にはつながらない」

不穏は、つねに待ち構えている怒りに姿を変え、グレーンスはストレッチャーとまばゆいライトから離れて、先ほどよりもさらに肉臭い部屋を落ち着きなく歩きはじめた。ほかのものと同じく光を反射しているカートに拳を叩きつけると、金属音がわんわんと鳴り響いた。

「頼むから、エルフォシュ――身元の手がかりになることを教えてくれ。出身地は？　名前は？」

法医学者はあいかわらず無頓着（むとんちゃく）のまま、驚きも怖がりもせずに、動かない顔の上にかがみこんでいた。これまでふたりで何百という死体を調べてきたのだ。警部自身の死に対する恐怖が、いまは攻撃性となって表われていることはわかっていた。珍しい反応ではない。同じ感情の表と裏にすぎない。

「アフリカだ」

「アフリカはとてつもなく広い」

「極西だ、エーヴェルト。もしくは極北。ただし大西洋や地中海沿岸ではない」

落ち着きなく行ったり来たりしていた警部は、またしても攻撃を加えるべく拳を振り上げた――今度の的はビニールのエプロンの山だった――が、エルフォシュが死者の口をこじ開け、上あごに並んだ白い歯を指さしたので動きを止めた。

「見えるか？　エナメル質の斑点（はんてん）が。斑状歯だ。地下水のフッ素濃度がきわめて高い地域で育った証拠だ」

エーヴェルトは近づいた。白い歯に白い点。どれも大きい。至るところにある。

「本来、フッ素は歯のためになるものだが、蓄積されると、結果としてエナメル質に損傷を与える」

「高濃度のフッ素など、どこからでも検出される」

「これほど高くはない。それに、ほかの部分は……」

法医学者は金属の器具で歯を順番に軽く叩いていく。

「……丈夫で健康だ。ここまでは」

二本の犬歯。どちらもすっかり変色している。

「われわれの用語では〝全焼した〟という。虫歯が悪化して、手の施しようがない状態だ。歯医者に行っていれば、確実に抜かれていただろう。だが、こいつは行ってない。一度も」

法医学者は、開けたときと同じくらい力を込めて死者の口を閉じた。

「アフリカで育った人間の検死で、同じケースを何度か見たことがある。まったく手入れをしていないのに、歯の健康状態はすばらしい。一方で、何本かに深刻なダメージが見られる。その点と、斑状歯、つまりエナメル質の白い斑点、そしてもちろん外見から判断して、西アフリカの可能性が高い。あるいは中央アフリカか」

遺体がゆっくりと解体されるあいだも、エーヴェルト・グレーンスは何とはなしにわきに立っていた。ここにいても、これ以上新たな情報は得られないだろう。推定死因――窒息。死亡推定時刻――二十五時間前。推定出身地――西アフリカ。だが、この死んだ男の顔から目をそむけるのは難しかった。場合によっては、死者ににらみかえされていると感じることもあったが、今回は違う。いま感じているのは、偽名で遺体安置所に隠されていた若者に対する責任感のようなものだった。そして、おまえは誰なのか、どうやってここに来たのかと尋ねても答えない顔に視線をさまよわせるうちに、グレーンスは、ふと気づいた。人の命を奪えば代償を払わなければならないが、死を奪ってもさほど危険はない。しかし、それは間違っている。この若者に死を取り戻してやるのが自分の務めだ。

　ソルナ法医学局はストックホルム北墓地からほんの数キロしか離れていない。市中心部の警察本部へ戻る途中、グレーンスは、かつて心の底から憎んでいた場所に立ち寄った。恐れていることは、すでに起きてしまった。

　ずっと訪れる勇気がなかった。だが、いまはこうして来ている。三万もの墓所のひとつ、19Bという区画にある、６０３の番号が振られた墓所に。飾り気のない白い十字架と、彼女の名が刻まれた真鍮（しんちゅう）のプレート。アンニ・グレーンス。彼は落ち葉を払い、薔薇（ばら）とヒース、それに小さなピンク色の花を固まって咲かせる、スウェーデン語で〝愛の薬草〟と呼ばれるふた株の植物に水をやった。それからベンチに腰を下ろし、芝生を見つめながら、冷たい解剖台に横たわったあの顔を思い浮かべた。自分が妻を恋しがっているように、誰かがあの若者を恋しがっているのだろうか。おそらくアンニも夫を恋しがっているように、あの若者にも彼を恋しがる誰かがいるのか。

予想外の早朝の渋滞は解消され、墓地からクングスホルメンまでは数分で着いた。エーヴェルトはクロノベリ地区の警察本部のすぐそばに駐車スペースを見つけた。

刑事部の廊下を進み、まずは自動販売機の前で足を止め、38番のボタンを押す――コーヒー、ブラック、二杯。一方のカップを一気に飲み干し、さらにもう一杯注いでから、次の目的地、マリアナ・ヘルマンソンのオフィスへ向かった。

「おはよう」

中に入ることはめったにない。そういう場所なのだ。はるかに年下の女性は――グレーンスは彼女を雇ったことに満足していて、本人は知らないが、折に触れて、自分が持つことの叶わなかった娘のように感じた――近寄りがたい雰囲気を漂わせ、それがドアの前に立ちはだかっていた。

「スウェーデン国内の指名手配者リストには該当者はいません、警部。コペンハーゲン、ヘルシンキ、オスロも調べましたが、手がかりはなしです」

グレーンスは病院から法医学者のもとへ向かう途中でふたりに連絡した。ヘルマンソンはすでに出勤しており、目の前には二十件ほどの別の案件についての書類が積み重なっている。一方のスヴェンは、妻のアニータと息子のヨーナスとともに囲んでいた朝食のテーブルを離れたところだった。

次に向かったのが彼のオフィスだった。

「スヴェン？」

グレーンスが耐えられる、ただふたりの同僚。

グレーンスに耐えられる、ただふたりの同僚。

「エーヴェルト、指示されたとおり、ここに来る途中で裁判所とインターポールに寄ってきたよ」

「で？」

「だめだ。歯型も指紋も一致しない。世界じゅうのどこの警察機関からも指名手配されていない」

続いて、三部屋先の自分のオフィスへ向かうと、グレーンスは、かつて焦げ茶色の縞模様だったコーデュロイのソファーの横にある、がたがたするコーヒーテーブルにカップをふたつとも置いた。棚には、終了した捜査のファイルと、開いたことさえないのにどんどん届けられる警察の職務倫理に関する本のあいだに、カセットデッキがある。シーヴ・マルムクヴィストの『トゥイードル・ディー』をかけ、彼の重い身体にはやわらかすぎるソファーに身を沈めたとき、ドアからのぞきこむ顔があった。グレーンス自身と同じくらい、しわの目立つ顔。ニルス・クランツ。グレーンスと同じくらい、ここで長く働いている鑑識官だ。

「ちょっといいか、エーヴェルト？」

「まだだ」

「二分……？」

「二分四十五秒」

クランツは中に入ると、コーヒーテーブルの反対側にある来客用の椅子に腰を下ろした。待った。シーヴ・マルムクヴィストが歌い終えるまで。古い歌が聞こえなくなるまで警察の緊急案件を先延ばしにするなどばかげていると、その昔、警部と言い争ったことがあるが、逆らわないほうがいいと学んだ。結局はそれが時間の節約になる。

トゥイードルーディードゥリーディー

エーヴェルト・グレーンスはソファーに寝そべると、訪問者に顔を向けた。

「最初の録音だ。文字どおり。知ってたか？」

「起きてくれ、エーヴェルト。そのほうが読みやすい」

部屋に入ってきたときに、鑑識官は一枚の紙を手にしていた。

それをコーヒーテーブルに置き、エーヴェルトのほうに押しやる。

「エルフォシュのところで一回目の検死を行なった。効率を上げようと思ってな。早ければ今晩、遅くても明日にはDNA鑑定の結果が出るだろう。だが、気になる点がある。どうも辻褄が合わない」

クランツは胸ポケットから老眼鏡を取り出し、エーヴェルトに差し出した。

「そこの五行目だ。複数の箇所に、同じ物質の明らかな、しかも広範囲に及ぶ痕跡を発見した。遺体の髪。顔の皮膚。両手。腰および両脛。つまり、死亡時に衣服で覆われていなかったと思われる部分だ。その後、何者かが服を脱がせてから、ふたたび着せた」

鑑識官の人差し指は、やや曲がっていたが、それをたどっていくと、黒のサインペンでアンダーラインが引かれた単語に行き着いた。

リン酸アンモニウム。

エーヴェルトは肩をすくめた。

「どういう意味だ？」

「粉末消火器」

「粉末……消火器？」

「リン酸アンモニウムは、消火器の最も効果的で、最も代表的な成分だ。冷却効果によって火を消す」

「ますますわけがわからない。火だと？ ふつうの焼死体は、あんなものでは済まない」

鑑識官は手を差し出し、エーヴェルトが老眼鏡をはずして返すまで待った。

「辻褄(つじつま)が合わないのはそこだ――遺体には、火に近づいたことを示す形跡はいっさい残されていないんだ」

それだけ言うと、クランツは例のごとく、鑑識官のご多分にもれず次の捜査へと急ぎ、エーヴェルト・グレーンスはコーデュロイのソファーにごろりと横になって、別の時代の曲に耳をかたむけた。耳をかたむけながら考えた。遺体安置所について――新任の警察官として最初に担当した殺人事件以来、遺体安置所が自分の人生の一部であったことについて。だが、そこにあるべきでない遺体に出くわしたことはなかった。

みずからそこに出向いたとしか思えない遺体。

名前もなく、素性も知れない。

誰でもない。

アリソン。

彼女がささやいたのを覚えている。

まだそんなに遠くまでは来ていなくて、ほとんどの人が生きていて、彼女の用心深い声が呼吸の合間に僕を探して闇の中を伝わってきた。僕はささやきかえした。

アリソン。

返事はなかった。

いまだに、ない。

「エーヴェルト・グレーンスさん？」

「誰だ？」

「エーヴェルト・グレーンス警部ですか？」

「相手にもよる」

電話に出たとき、グレーンスは横になっていた。五時十五分前。窓から夜明けの光が見える。

「何の用だ？　誰だ？」

「ラウラです。先日……」

「ラウラか」

型崩れしたコーデュロイのソファーで彼は身を起こした。ゆうべはここに泊まった。若い同僚に言わせれば、ワンパターンということになるだろう。彼らはちっともわかっていない。捜査で残業を余儀なくされてオフィスに泊まったからといって、エーヴェルト・グレーンスはワンパターン呼ばわりされるべきではない——彼がそのやり方を考案したのだから。ほかの連中が勝手に真似をしているだけで、ワンパターンは彼らのほうだ。元祖はワンパターンとは言えない。

「覚えてる。あんたの笑顔を」

「はい？」

「あんたは……ほほ笑んでいた。素敵な笑顔だった。これから解剖される死体に囲まれてることを忘れさせてくれるような」

「それなら、いますぐここに来ていただけません？　こんな時間ですけど」

「そこ？」

「ストックホルム南病院の遺体安置所です。また同じことが起きました。死亡した患者がひとり増えてるんです」

教会の鐘が五時を告げるなか、ストックホルムを車で走れば、息をのむほど美しい経験ができる。その日はまさにそんな朝だった。グレーンスはヴェステル橋からの眺めを楽しみ、ホルン通りやリング通りに入ってからは速度を落とさずに済んだ。まったく偉大な芸術作品でも建築物でもないストックホルム南病院でさえ、朝日が上階を金色に染める光景には心を奪われるようだった。前回と同じく、救急搬入口近くに並んだ救急車の横に車を駐めると、彼はあいかわらず気が滅入る廊下を急いだが、今朝は至るところで待っているけが人の姿はなかった。自動車事故や発砲事件の少ない平和な夜だったにちがいない。

ラウラは遺体安置所の鋼鉄のドアの前で待っていた。あの温かいほほ笑みに背筋が伸び、足取りが弾む。彼女の笑顔は計算されたものでも、作られたものでもないと、いまでは確信していた――先ほどの電話の様子では、彼の意図したことはまったく通じていなかったが。

「おはようございます、警部。朝でいいんですよね？　それとも、まだ夜遅い時間かしら？」

「朝だろう。いずれにしろ、今日は早いんだな」

「眠れなくて。最初は大変な日を控えているせいだと思ったんです。身体を開く患者がふだんより二、三人多くて、準備しないといけなかったから。昨日は予定が遅れてしまったので――余分な遺体が現われて、あなたが来て、おまけに病院の事務からはさんざん事情を訊かれて」

ラウラはうなずいて、ついてくるよう合図した。ふたりは狭い通路を抜け、解剖室と保冷庫へ向かった。

「でも、それが理由じゃないんです。なんていうか……予感がしたんです」

「予感？」

「ええ、よくわからないけど。うまく説明はできないんですけど、どういうわけか、もう一度起きるとわかっていたんです」

ラウラはもうほほ笑んでいなかった。その顔には突如、悲しみの色が浮かんだ。

「というより、警部、すでに起きていると」

彼女は若い男が身を隠していたステンレス製の棚に近づいた。同じ大きさの十二のスペースに十二の遺体が収められている場所だ。

「きちんと数えました――ここにいる患者も、別の棚の患者も。わざわざ数えるまでもありませんでしたが」

ラウラは中央の段の左端の棚を引き出した。

「とにかく、余分な遺体があるとわかってたんです」

あの若者と同じく、そして他の遺体と同じく、白い布に包まれている。真ん中あたりにつけられた赤い名札には、昨日の朝と同様に判読不可能な文字が記されていた。

「見てください」

やはり摂氏八度。

温度計はすぐそこに掛かっており、グレーンスは自分の目で確かめずにはいられなかった。

「この女性も、誰もここには運んでません。私も、病院の同僚も、ひとりとして。なのに、ここに横たわってる。まるで……まるで誰かが彼女の最期を託そうとしたかのように——言ってる意味、わかります？　彼女もやっぱり名前も素性もわからない。おまけに、痛ましいほど若い。死によって顔の色つやも存在感も奪われてしまったけど——とても美しかったことは、疑いようがありません」

エーヴェルト・グレーンスは、解剖技術者が布を剝がしてあらわにした裸体を見つめた。同じだ。いま目の前にいる若い女性と、昨日、目の前にいた若い男性は。肌の色、髪の色、顔の形。ふたりとも外傷はまったく見当たらない。ふたりとも命を奪われ、死も奪われた。

何者かが、きみのことも片づけた。

誰かがきみを引きずるか運ぶかして、鋼鉄のドアからオフィス、記録保管室、解剖室を通って、この保冷庫に置き去りにした。

誰かがあそこの山から布を一枚取って、見えないようにきみを包み、壁に掛かったプラスチックの箱から名札をひとつ取り出して、名前を書かずに取りつけた。

誰かが不可解な配慮によってきみをこの場所に隠し、ふさわしい扱いを受けるようにお膳立てをした――それと同時に、きみが永遠に消えることを願ってゴミくず同然に捨てた。

「ラウラ――ここの鍵を持ってる可能性がある人物の名前を残らず書き出してくれないか」

「昨日、書いたでしょう」

「ああ。だが、今日は新たに、もっと長いのが欲しい。それで、俺が最も信頼する同僚ふたりと協力して、そのリストの全員に話を聞く。すでに一度聞いているがな。それから、リストを作成したら時間を取ってもらいたい。オフィスでもう一度教えてほしいんだ。あんたの一日がどういうものなのか、どんなふうに耳から耳まで切開するのか、肋骨をあらわにするのか、コーヒーはどうやって飲むのか、コーヒーがここに運ばれてきたらどうするのか、一日に何回、電話を取るのか、それぞれの部屋でどんな音がするのか。あんたには必要ないこと、当たり前のこと、あるいは興味のないこともすべて事細かに。なぜなら、あんたは二十年間勤めていながら、こういう事態に遭遇したことは一度もない。そして俺も、四十年も殺人事件を捜査してきて、こういう事態に遭遇したことは一度もない。だから、これまでとは異なる角度から質問をして考える必要がある。若い男と若い女に死を取り戻させてやるつもりなら」

ラウラは亡骸を布でくるみ、長方形のステンレスの棚に戻した。そこで――昨日の遺体と同様に——正式に捜査対象となり、運び出され、鑑定が行なわれ、証拠として扱われるまで保管されるのだ。

グレーンスはしばらくその場にたたずみ、解剖技術者の注意を引こうとした。

じっと待っていた。

彼女が振り向いたとき、ほほ笑みは影も形もなかった——そこには、説明のつかない表情が浮かんでいた。

嫌だ。

だけど、ゆっくりと息を吸って少しずつ吐き出すだけでは、もう無理だ。

空気は底をついた。酸素は尽きた。

自分がこんなに怯える（おび）とは思ってもみなかった。その時が近づけば近づくほど、ますます怯えるようになるとは。左手を反応のない頬に伸ばしても、右手を最初に死んだ男に伸ばして、こわばった手を握りしめても、もう無駄だった。

死にたくない。

死んだら身体の内側も冷たくなるのか？　動かなくなるのか？　そんなことは知りたくもない。

足元が少し冷えた。

エーヴェルト・グレーンスはスヴェア通りを一望するペントハウスのバルコニーに座っていた。真夜中だが、真っ暗ではない。北の果ての初夏は、この時間帯もまだ薄暗い程度だ。新鮮な空気を吸いたくなり、水の入ったグラスを手に裸足で出てきて、そのまま木製の折りたたみ椅子に腰を下ろした。

最近は自宅で夜を過ごすことも多く、ベッドに横たわったときに暗い穴に落ちる錯覚にとらわれることもなくなった。だが、今夜は眠れなかった。解剖技術者のラウラと同じく、説明のつかない予感を覚えた。ラウラの場合、その予感によって死体に導かれた。彼自身の予感は入口に関するものだった。出口。どうやって誰にも気づかれずに死体を安置所に運びこめるというのか。しかも、一度ならず二度までも。

スヴェンとヘルマンソンとともに、病院の監視カメラの映像を残らずチェックした。最も近いカメラは鋼鉄のドアへ続く廊下に設置されている。だが、身元不明の死体を運ぶ人物は、一場面も、ひとコマさえも映っていなかった。三人で手分けして、ラウラが新たに書き出した鍵の所有者——監察医、用務員、清掃員、コーヒーの自動販売機のメンテナンス係、雑用係、警備員——ひとりひとりに事情聴取を行なった。だが、明らかな動機を持つ者はいない。全員にアリバイがあった。

グレーンスはバルコニーの手すりから身を乗り出した。はるか下では、若いカップルがいかにも恋人らしく腕を絡ませて歩いている。

かつての彼のように。かつてのアンニのように。

かつてのふたりのように。

その日の午後遅く——監視カメラから手がかりは得られず、事情聴取も徒労に終わってから——エルフォシュの検死結果が届いた。

　遺体には、指関節、両肘（ひじ）、両膝（ひざ）に複数の皮下血腫が認められ、眼球結膜および眼瞼（がんけん）結膜にわずかな点状出血が見られる。

名前も素性もわからない女性も、名無しの男性と同様に格闘した——何かに打ちつけるか、ことによると誰かに殴られた——痕跡があった。

体温および死後硬直を考慮すると、死亡推定時刻は検死の約三十六時間前。

口腔内では大量の血液が凝固し、舌の前部付近の干しブドウ大の破片が発見された。舌の端には歯の跡のような不揃いな刻み目がある。これらの事実から、死因は窒息および呼吸困難によるパニック発作と思われる。

その後、男性と同様に窒息死した。


エーヴェルト・グレーンスはありがたみを感じたこともない空気を深く吸いこんだ。

パニック。

恐怖が彼女に舌を噛みちぎらせた。最期の瞬間は、ただひとつのことしか考えられなかっただろう——とにかく息を吸うことしか。

グレーンスは無意識に深呼吸を繰りかえし、彼女の味わった苦しみを少しでも理解しようとするかのように、長いあいだ街の空気を肺に留めた。息を止めているあいだに、眼下の通りを長いサイクリストの列が風を切って通り過ぎ、続いて二台のつややかな黒い高級車が、愚か者どうしで大人げなく競いあうかのごとく猛スピードで走り去り、その後、しばらく通りは無人になった——ふいに静まりかえった大都市ほど侘しい光景はない。

ニルス・クランツの報告書も、前日のものとほぼ同じだった。鑑識官は血液と唾液を法医学局へ送り、DNA鑑定を依頼した。その一方で歯科印象と指紋を分析したが、スウェーデン国内および国外の警察のデータベースで一致するものは見つからなかった。しかも——エーヴェルト・グレーンスが裸足でバルコニーに出たのは、この最後の数行のせいだった——死亡した女性の髪や肌から、またしても広範囲にわたってリン酸アンモニウムが検出されたのだ。冷却消火に用いられる難燃剤の主成分だ。

やはり彼女も火に接近していないにもかかわらず。

きみは彼より一足先に死んだ。

彼と同じ理由で、酸欠で死んだ。

彼と同じ場所で、同じようにパニックになって死んだ。

エーヴェルト・グレーンスは、じっとしていられなくなり、バルコニーを小さくぐるぐるまわりはじめた。不安。苛立ち。だが、同時に何か別のものが頭に割りこもうとしていた。入口、そして出口に関する何か。誰にも見られずに身元不明の死体を運んで廊下を進む方法に関する何か。最初に知らせを受け、最初の遺体を見たときから、彼は気づいていた。はっきりとはわからなかったが。

ようやく、それがわかりかけてきた。

だとすれば昔から知っていたことだ。そのときは、ある女性の死に遭遇した。

ほほ笑みを失った人物に連絡しなければならない。

「起こしたか？」

解剖技術者は眠っていた。電話に出た声ですぐにわかった。第一声がまともな言葉になっていなかったからだ。

「かまわないわ。今朝は私が五時前に電話したから」

「いまいる場所は職場から遠いのか？」

「そんなには。この時間なら、車で十五分もあれば着きます」

「だったら、そうしてくれ。もう一度だけチェックしてほしいんだ」

ラウラは理由は尋ねず、さっきより少しはっきりした声で〝じゃあ向こうで〟とだけ言って電話を切った。

自分と同じタイプだ。エーヴェルトは、まんざらでもなかった。

次の電話は警察犬チームに、三本目と四本目はスヴェンとヘルマンソンにかけた。ふたりとも、彼が昼夜問わずに連絡してきて、出動を要請されるのには慣れていた。たいていの場合、ベッドに入った直後に。

数分後には、グレーンス自身もストックホルム南病院を目指していた。だが、その前に警察本部に立ち寄り、古い事件のファイルが床から天井までぎっしり並んでいる記録保管所へ向かった。地下の奥まった場所にある保管所は、ほかの部署と同じく真っ暗で人の気配がなかった。探しているのは地図だった。かつて別の捜査で、彼に別の世界を示した地図。

完全にあべこべに考えていた。

最初はてっきり病院のどこかの入口から入り、延々（えんえん）と続く廊下を進み、遺体安置所との境界である分厚い鋼鉄のドアを通って運んだものと思っていた。

だが、遺体は別の場所から運ばれたのだ。

病院の内部から。

ストックホルム南病院の遺体安置所は、グレーンスがこれまで訪れたこの種の施設のうちで最も広く、最も管理が行き届いていた。警察官になってからの四十年間で、彼はスウェーデンじゅうの保冷施設をまわった。そのほとんどは数体の遺体を詰めこむだけのスペースしかない衣裳部屋もどきの場所で、なかには収容数を上まわる遺体を保管する、衛生状態のひどい、腐敗臭が蔓延している施設もあった。しかしここでは、エーヴェルトは片側にスヴェンとヘルマンソン、もう片側にラウラを引き連れ、徹底的に消毒された床、壁、天井を一メートルごとに調べていた。一方の端には、ステンレスと白いタイルで覆われた業務用キッチンのようなものがあり、反対の端には、蛍光灯の強烈な光に照らされた殺風景な部屋がいくつかある。だが、ラウラの〝患者〟のために二十四のステンレス製の作業台が置かれた最初の部屋にも、遺体を保管する三十六の四角いスペースのある部屋にも、臓器が保存されている茶色い木箱が並んだ円形に近いエリアにも、探しているものは見つからなかった。

実際の作業が行なわれる解剖室にも。

死者が家族と最後に対面する面会室にも。

遺体処置室にも、記録保管室にも、休憩室にも、ロッカールームにも、オフィスにも。

ところが、保冷庫から解剖室へ向かう細く薄暗い通路で、ついに見つけた。まさにグレーンスの探していたものだった。それを機にすべてが変わった。通路の途中には、解剖前の遺体や使用済みの大型の器具を洗浄するシンクと、メスや小型の器具を洗う食器洗い機を備えた洗い場がある。それを通り過ぎた先、巨大な圧力釜のような加圧滅菌器の後ろに、ドアらしきものが見えた。壁とまったく同じ色で、よほど近づかないと境目がわからない。グレーンスがノックをすると、重厚な鉄の鈍い音が周囲に響いた。

「これは？」

振りかえると、ラウラはシンクのところで水の滴(したた)る蛇口を閉めようとしていた。

「防空壕」

「防空壕？　遺体安置所に？　空爆で死人がふたたび死の危険にさらされることがないようにか？」

解剖技術者はドアを見てから、グレーンスを見た。

そして肩をすくめた。

「ずっと防空壕のドアだと思ってました。いかにもそう見えるから。だけど、中に入ったことはありません。長年勤めてるけれど、開いてるのだって見たことはないわ」

エーヴェルト・グレーンスは頬から首にかけて赤くなるのがわかった。

そうなるのは、鼓動が速まってきたときだ。

状況が好転し、捜査がどこへ向かっているのか、はっきり理解したときだった。

ざらざらした鉄のドアには二カ所に錠が掛けられていた。当直の警備員が時間をかけて探したが、一方の鍵しか見つからなかった——上部の錠のほうだ。それでもエーヴェルト・グレーンスは、怒ったり怒鳴ったり、物に当たったりするどころか、穏やかで満足げな笑みを浮かべて全員を驚かせた。

「よし」

「いいのか、エーヴェルト?」

長いあいだ、この大柄で気分屋の刑事と働いてきたスヴェン・スンドクヴィストは、落胆したときの彼の態度を熟知している。

いま浮かべている表情は、それに当てはまらなかった。

「忘れたのか、スヴェン? この手のドアというのは、そういうものだ。二番目の鍵を手に入れられるのは国防省か救助隊くらいだ。つまり、これがその類のドアだということがわかった。だから第一の謎はすぐに解明できるだろう——そもそも、二体の遺体がどうやって運ばれてきたかということが」

それと同時に、マリアナ・ヘルマンソンはすばやく決断した。市内の錠前屋はすでに手がふさがっていたか、遠すぎるため、軍の爆弾処理班員を起こした。通常であれば、爆発物を爆発させないようにするのが彼らの仕事だ。しかし今回は逆のことをする——完璧な爆発を引き起こすのだ。

まさに離れ業（わざ）だった。爆発をそのように表現してもかまわないのであれば、だが。ドア枠はカッターナイフで切り取られた厚紙のごとく壁からはずれ、埃（ほこり）も破片も飛び散ることなく、向こう側に倒れた。

目の前に四角い穴が現れた。

全員が闇に目を凝らした。

そして、湿った服と焼け焦げた葉のにおいを感じた。

トンネル。

彼らはそこに足を踏み入れた。

まるで死体を投げ捨てるために通っていたような通路。

それが、ひと昔前のストックホルムの構造だった。このようなドアを抜けて、公共の建物間を行き来できるようになっていた。首都の地下道網への出入口だ。歩いたり這ったりして人が移動できるほどの大きさのコンクリート管が、何キロにもわたって続いている。さまざまな種類の地下道が、すべて連結されていた。下水管は軍事システムにつながれ、軍事システムは電気や通信や地域暖房システムにつながっていた。それぞれの所有者は各部分の地図を持っていたが、全体図を把握しているのは、そこに住みついていたひと握りの社会の逸脱者――犯罪者や逃亡者など――だけだった。地上と同じくらい広いストックホルム。グレーンスが市警の記録保管所で見つけた下水道の地図を見ると、ひとつのシステムだけでも地下道の全長は十マイルにも及んでいる。

「誰かがガイドを雇った。この世界を牛耳っている、自称ガイドたちのひとりを。誰かが何百という地下網の入口のひとつに立ち入った。誰かがマンホールに潜りこんだか、地下鉄のトンネルに侵入したか、公共の建物のドアを通り抜けたか……」

エーヴェルト・グレーンスはヘルマンソンに顔を向けた。

「……ところで犬はどこだ？　どうなってるんだ？」

「あと三分で到着します」

マリアナ・ヘルマンソンは、ずっと黙りこんでいる解剖技術者を見た。日ごろからほとんどの時間を死者とふたりきりで平然と過ごしている人物。とはいえ、職場の壁が吹き飛ばされる光景にはまるで慣れていない。

「ラウラ、でしたよね？」

解剖技術者はうなずいて、あの温かい心からの笑みの、少なくとも気配をのぞかせた。

「ええ、ラウラです」

「あなたの考えていることはわかります。でも、心配いりません。特殊な訓練を受けた犬ですから。連れているのも特殊な訓練を受けた指導手です。死者には動じないでしょう」

「患者です」

「はい？」

「私はそう呼んでいます。扱うときも、そのつもりです。誰もが避けるような仕事をこなしている女性に、ヘルマンソンはプロとして尊敬のまなざしを向けた。

「ラウラ、犬はあなたの患者に手出しはしません。保証します。いまは外で、病院の廊下で、若い男性と女性がくるまっていた布や、髪の一部、皮膚から検出されたリン酸アンモニウムのにおいを嗅いでいます」

ヘルマンソンの言うとおりだった。

黒光りする力強く活動的なジャーマン・シェパードも、グレーの斑点がある茶色っぽいベルジアン・シェパードも、周囲のものには目もくれずに解剖室と臓器保管場所を通り過ぎた。すでににおいを判別し、長いリードは巻かれている。ハンドラーの次の指示を待つ状態だった。

ほどなく、壁に空いた幅二メートル半のトンネルの入口まで連れてこられ、くんくん鳴いて尻尾を振りながら、においを嗅ぎつけた。

エーヴェルト・グレーンスの推理は正しかった。

死体をここに運んできた人物は、そのドアから侵入したのだ。

生暖かく、じめじめしている。

年間を通して摂氏十八度。

ストックホルムの街中のはるか地下。人々がオープンカフェや物乞いの前を通り過ぎ、車やバスがひしめきあい、赤信号で排気ガスをまき散らす通りの下。

エーヴェルト・グレーンスは、自分が六十四歳で、とっくに全盛期を過ぎたことは無視しようと懸命に努めていた。下水道の最初のふたつの地下道を進むまでは耐えられた。密度の濃い闇と動きまわる懐中電灯の光のコントラストにも、それほど目は痛まなかった。だが、犬たちの単調な吠え声を耳にするうちに、新たな地下道に入るたび、ますます背を丸めることがどんなに辛くても、どんなに悪臭がひどくても、ネズミが周囲のコンクリート管を逃げまわる音がどんなに不気味でも、まず他人の命を、次に死を奪った人物を突き止めるために、ひたすら前へ、前へと進みつづけなければならないことを思い知らされた。

「大丈夫ですか、警部？」

ハンドラーのひとりが、しだいに荒くなる彼の呼吸に気づいた。必死に隠そうとした咳にも感づいたのかもしれない。

「自分の心配をしろ」

「少しペースを落としたほうがいいかもしれません。犬はぐいぐい引っ張っていきますが」

「ペースを変えるなら速めるんだ――早く死体を捨てたやつを見つけたい」

徐々に細く狭くなる地下道を、二頭の犬はリードを目いっぱい引っ張りながら敏感な鼻で臭跡をたどる。においの方角がそれまでとは完全に変わり、はじめて脇道に入るよう犬が合図すると、一行は判断を迫られた。こうした地下道を動きまわるコツをつかんでいるのは、ほんのひと握りの人間だけだ――いかなる理由であれ、地下で生きることを選んだ人物、地上の社会に背を向け、地下の世界とのつながりを手に入れた人物。

あの男女の遺体を捨てるために雇われたのは、そうした人物だとグレーンスは確信していた。彼らは穴から這い出して、好きなときに好きな建物に侵入できる。

だからこそ、爆弾処理班員も捜索グループに同行させた。

遺体安置所で首尾よくやり遂げたように、下水道を軍のトンネルへつなぐドアを吹き飛ばし、地下道の壁に四角い穴を開けて入口にするために。

分岐している地下道は天井がさらに低く、このうえない悪臭を漂わせていた。それでも、いざ足を踏み入れると、犬は変わらずしきりに力強く吠え、ハーネスをつけたまま力いっぱいリードを引っ張り、一行を先へと促した。グレーンスの服は身体にまとわりつき、生えぎわから滝のような汗が流れ落ちると同時に、腰や膝は、いつもなら足を止めてしまうほど痛んだ。呼吸をするたび、空気が足りないかのように胸に小さなナイフが突き刺さる。

ちくしょう、あきらめるものか。

おまえのにおいだ。

犬が嗅ぎつけた。俺も嗅ぎつけた。

おまえはここを通って死人を運んだ。もうじき突き止めてやる。

ところどころ壁に小さなくぼみがある地下道を進むにつれ、前回来たときの光景が次々と目の前をよぎった——部屋となっている空洞を発見した数年前の捜査。その地下の家に、十四歳の少女が住んでいた。積み重ねられた四つの運搬用の箱。そこに彼女は赤と白のクロスをかけ、テーブルとして使っていた。テーブルクロスをかければ、少しでも素敵に見えるから。当時、グレーンスとスヴェンは、ほぼすべての地下道で住民を発見したが、いまは様子が異なる。こんにちでは、この地下道への入口は昔よりも厳重に管理されていた。

国は他の者がほとんど関心を示さない世界を閉鎖し、ふたたび管理下に置こうとしたのだ。グレーンスはスヴェンの視線をとらえるべく振り向いた——スヴェンは汗もかかず、グレーンスよりはるかに余裕のありそうな足取りで、呼吸の音もほとんど聞こえなかった。言葉は交わさずとも、顔を見あわせただけで、ふたりは思い出した。住居と化した穴、いくら洗っても落ちないほど服の繊維に染みついたにおい、人々を怖がらせるのではなく守っていた、いまとはまるで別物の闇。ふたりとも忘れることができない光景。この世界を知る警察官が、いま、殺人犯を捜してここを突き進んでいる状況は、捜査にとって明らかに有利だった。

犬の吠え声を合図に、さらに二カ所の分岐道の入口を爆破した。最初は暖房システム、その次は下水道の入口だ。一時間足らずで、グレーンスがときおり懐中電灯の前にかざす公共設備の地図によると、彼らは聖クララ教会の下を通って市の中心部まで到達した。その三十分後には、犬の協力を得て、エステルマルム広場の地下の交差路で北東に伸びる通路を選んだ。さらに三十分後にはヴァルハラ通りの車やアスファルトの下を渡り、ヤーデットの方角に進んだ。

「警部？」

つややかな黒いジャーマン・シェパードを連れたハンドラー——先ほど、ペースを落とそうとしてグレーンスを気遣った人物――がふと足を止め、リードを引いて、犬にも止まるよう指示した。

「なんだ？」

「まだ、しばらくかかりそうです。犬は臭跡をしっかりたどっています」

「で？」

「少し休憩なさってはどうかと、警部」

「そっちこそ、よけいなおせっかいは慎んだらどうだ」

「警部……」

「いちいち階級で呼ぶな」

「あなたの……あなたの呼吸は乱れて苦しそうです。よい兆候ではありません」

「第一に、呼吸のしかたを他人にとやかく言われる筋合いはない。あくまで俺の問題だ。第二に、このまま同じ方角へ進めば、この地下道が続いていれば、あと少しの辛抱だ。この地図によると、われわれはヴァータハムネン港へ向かっている。海に突き当たる」

グレーンスは断言できなかったが――全身が内側から震え、痛み、悲鳴をあげている状態では見極めは難しい――あれほど抗議したにもかかわらず、それ以降は若干ペースが落ちたような気がした。そして果てしない暗闇のなか、彼が管につまずいて、ヘルマンソンとスヴェンが競うように支えつつ、すぐに休むべきだと言い張ると、それがさらに速度を落とす合図になったかのようだった。

やがて、前を行く犬が止まった。

もう一頭の犬も止まった。

二頭とも、ひときわ大声で吠え、ハーネスを嚙んだりリードを引っ張ったりしはじめた。

「ここだ」

ハンドラーが地下道の壁に取りつけられた丸い金属棒に手を置き、もたれかかった。その下にも同じ棒、さらに下にも同じ棒が三十センチの等間隔で地面まで続いている。

「犬が間違えることはありません、警部。これが探している入口です」

丸い金属棒は上にも続いていた。一段ずつ足をかけて登るためのものだ。その上に何があるのか、グレーンスにはわかっていた。ごくふつうのマンホール、ごくふつうのアスファルトの通りの真ん中にある、丸い染みのような鋳鉄製の蓋。

それ以上のことは考えられなかった。

伸びてきた手に肩をつかまれ、押しのけられそうになったからだ。

「私が先に行きます。ここで待っててください」

ヘルマンソンは彼の上着を握りしめていた。

「聞こえましたか、警部？　私が登ります。私があの蓋を開けて、現在位置を確かめます。もし私たちが正しければ、たしかに目的の場所にいて、全員で地上に出る必要があると判断したら、そのときに上がってきてください」

「おまえは命令できない、ヘルマンソン。命じるのは俺だ」

彼女は手を放すどころか、ますます強く彼の上着を握る。

「警部、あなたがいつも言ってることをそのまま返します——まったくよけいなおせっかいだわ。自分がどんな姿だか、わかってるんですか？　息がどんな状態なのか。ここにいてください。私が合図をしてから登ってきてください」

そしてヘルマンソンは向かった。あの金属棒へ。あの金属棒に、一段ずつ足をかけて。もし振りかえっていれば、やや誇らしげに笑みを浮かべた上司の姿が見えただろう。

最初にヘルマンソンが気づいたのは空気だった。一メートル上がるごとに湿度が下がり、呼吸が楽になった。慣れかけていた悪臭も徐々に変わり、車の排気ガスのにおいがカビや排泄物に取って代わった。彼女がゆっくりと登っている空間は円形で、次の金属棒に足をかけるたびに肘や膝を擦りむくほど狭かった。

ヘルマンソンは数えた。四十五段。金属棒は等間隔なので、十四、ひょっとしたら十五メートルほど登ったはずだ。しばらく足を止めて上を見る。完全な闇を破る一片の光。つまり、通りへ向かっているということだ——真夜中にあんな光を放っているのは街灯だけだから。

あと数段というところで、何かが頭にぶつかった。ビニール袋。紐でくくられ、目の前にぶら下がっている。手を触れ、握ってみた。そして、きわめて動きが限られるなか、どうにか懐中電灯で照らして、ようやくわかった。殺鼠剤。マンホールのすぐ下にはめこまれた格子に結びつけられている。ヘルマンソンはビニール袋をよけながら、ひんやりした鉄格子に取りつけられているはずの巨大な南京錠を探した。

取りはずされていた。

いつでも自由に出入りできる状態。

やはり、ここだった。

ヘルマンソンは鉄格子を開け、蝶番でしっかり固定されていることを確かめると、もう二段上がり、頭のてっぺんを蓋に軽く押し当てて耳を澄ました。

車が一台、近づいてくる。頭上を通り過ぎて走り去った。

ヘルマンソンは息を吸って、吐いた。

鋳鉄製の蓋は重い。見当はついていたが、実際にどれほど重いのかは理解していなかった。背中を壁に押しつけてバランスを保ちつつ、金属棒の上で踏ん張って両手を頭上に伸ばしたが、ありったけの力を振り絞っても、数センチばかり蓋をずらすのが精いっぱいだった。

もう一度、押した。

もう一度。

もう一度。

そのたびに少しずつ隙間が大きくなる。

蓋が穴の半分まで開くと、ヘルマンソンは頭、上半身、下半身を新鮮な空気と、また別の闇のなかに押し出した。

エーヴェルト・グレーンスは、テーゲルウッド通りとエーレグルンド通りの交差点からほど近い歩道に横たわっていた。ヘルマンソンは――グレーンスが彼女のあとに続いて別世界へと上ってくると――彼の手を取り、マンホールの端から引っ張り上げてからも、手を放そうとしなかった。グレーンスの呼吸は苦しげに乱れ、顔が真っ赤になったかと思うと血の気を失い、しゃべることもできなかった。だが、スヴェンと爆弾処理班員が登ってきて、ハンドラー二名がロープで犬を一頭ずつ引き上げるころには、少しばかり顔色と警戒心を取り戻した。

「よし、行こう」

そう言って立ち上がると、グレーンスは何歩か歩き、よろめいて倒れそうになったものの、どうにかバランスを保った。

「警――いえ、グレーンス……グレーンスさん、もう少し休んでから……」

「犬に探すよう命じろ。あの死体がどこから来たのか突き止めるまで」

「ほんとうに……」

「急げ」

二頭の犬は、ふたたびリードを引っ張りはじめた。

テーゲルウッド通り沿いの金網のフェンスに向かい、真ん中に大きく空いた穴を通り抜けて。

工業地域の、がらんとしたトラックヤードの近くへ。

ヴァータハムネン港との実質的な境界となっている、並行する三本の鉄道線路を越えて。

「二億二千万個の嗅細胞」

「なんのことだ？」

エーヴェルト・グレーンスが目を向けると、ハンドラーは彼に負けないくらい興奮を隠しきれない様子だった。

あと少しだ。ふたりともわかっていた。

「犬の鼻にある数です、警部。人間には五百万個しかありません。だから、地上に出てにおいを嗅ぐべきものが大幅に増えても、犬にとってはたいしたことではないんです。嗅ぎつけるまで、臭跡を見失うことはない」

フィンランド、エストニア、ポーランドへの玄関口である港湾区域は、日中は活気があるものの、夏の夜は静まりかえっていた。古いほうの波止場まで行くと、何隻もの船が停泊し、朝一番の乗客や、次の港へ向かう荷物の詰められたオレンジと白と青の木箱の山を待ち受けていた。

「エーヴェルト？　なんなんだ、これは。いったい……」

スヴェンはめったに悪態をつかない。少なくとも、動揺しているという理由では。

「……どこに向かってるんだ？」

だが、どうしても不安が拭えないときは例外だ。

「エーヴェルト？　聞いてるのか？　どうも嫌な予感がする」

グレーンスはやや歩調を緩め、スヴェンにも合わせるようあごで合図した。

「わかってる。俺もそうだ。何かがおかしい。死体、においの跡、この区域――犬がどこで止まるのか、ほんとうに知りたいかどうかわからなくなってきた」

その瞬間、犬は止まった。

その少し先の暗がりは、古びた街灯に照らされているばかりだ。

近づくにつれ、知りたくないという気持ちは強くなる一方だった。

外側は、かつては緑色だった。だが、いまはほとんど錆びている。塗り替えが必要だ。

二頭の犬が立ち止まったのは、港のあちこちに置き去りにされた、空の輸送用コンテナの前だった。

「ここです」

ハンドラーはコンテナをあごで示し、軽く叩いた。

「最終目的地です。犬の吠え方から見て、追跡していたにおいのうち、少なくともひとつを大量に見つけたようです」

スウェーデン各地の港では、年間百万ものコンテナが行き来する。

だが、そのコンテナは、外側も内側も通常のものとは様子が異なっていた。音やにおいが漏れないように、バルブも、亀裂も、小さな隙間も、すべて灰色のテープで塞がれている。扉には合計で四つの南京錠が取りつけられていた。オキシ燃料切断トーチを持った港湾労働者が、コンテナの側面の一部をなめらかな鋭い切り口で切り取ると、エーヴェルト・グレーンスは一歩下がって背を向けた。

見なくて済むように。

死の香りは甘い。

直後は。

時間が経つにつれ、その香りは臭気となる。日数を重ねるうちに、臭気は悪臭となる。

エーヴェルト・グレーンスに襲いかかったのは、まさにそれだった。腐敗臭。

四角く切り取られたコンテナの側面に用心深く近づいたが、彼は自分の目に映ったものが理解できなかった。中身は、すっかり固化した泡に分厚く覆(おお)われていた。

ほどなく、その硬い膜に空いた穴に気づく。

悪臭はそこから漏れていた。

身をかがめて穴をのぞきこむと、ふたつの目が見えた。こちらを凝視している。それが、その目のしていることだった。一度も瞬(まばた)きをせずに、じっと見つめている。

生気のない目の横には衣服が積まれていて、さらにのぞきこむと、その奥には別の生気のない目が待ち構えていた。

さらに別の。

さらに別の。

「スヴェン、ヘルマンソン」

グレーンスはわきにどき、ふたりに場所を譲った。

「よく……」

息を吸うたびに、あの悪臭が否応なしに入りこんでくる状態では、話すのは困難だった。

「……よくわからないが……」

あるいは、悪臭のせいではないのかもしれない。見たこともないほどおぞましい光景を説明できないだけなのかもしれない。

「……見たところ……」

思いつく言葉は、ひとつだけだ。

だから、そうにちがいない。

「……集団墓地のようだ」

それ以上、グレーンスは何も言わなかった。ただアスファルトに座りこみ、夜の静寂を自身のものとした。スヴェンもヘルマンソンも黙っていた。皆、理解していた。現代社会における最も凶悪な犯罪。人間から金を搾り取り、生きるか死ぬかもおかまいなしに閉じこめて運ぶ。彼らがそれだけの存在だから。単なる金づる。ジャガイモと変わらない。もっぱら利益を得るための道具。

十分間。あるいは、もっと長かったかもしれない。

グレーンスがふたたび口を開くまで。

「スヴェン？」

スヴェン・スンドクヴィストは目的もなく歩き、コンテナと上司の周囲をぐるぐるまわっていた。

「なんだ？」

「どうもあの服が引っかかる。穴から見えたやつだ。おそらく何者かがあの固まった泡を破って、死人をふたり、服を脱がせて運び出した。遺体安置所で見つかった二体の余分な死体と、あの服の山。ふたり分にしては多すぎる。俺が持ってきた地図を調べて、ストックホルムで、どの病院が地下道につながってるか確かめるんだ。それで、そのうちいまも使用されている遺体安置所がある病院を探して、電話で管理者を起こす。それから俺に電話を代わってくれ」

グレーンスは立ち上がり、コンテナに数歩、近づいた。

重大犯罪の捜査に費やしてきた歳月の長さは、殺人事件の件数に比例する。件数を数えると、そういうことになる。二百三十二件。あらゆる種類、あらゆる規模の事件を捜査した——被害者の数もひとり、ふたり、三人。ある事件では四人が処刑された——横向きに並んで寝かされ、首の後ろを撃たれて。また、六人の女性が全裸の状態で背後から襲われ、刺殺された事件もある。だが、彼のオフィスのコーデュロイのソファーで始まった一日が、このような終わり方をしたことは一度もなかった。

いったい、この中には何人いるのか？

三十人？

五十人？

七十五人？

「同じ光景を一度だけ見たことがあります、警部」

ヘルマンソンがゆっくりと近づいてきて、となりに立った。

「厳密に言えば、まったく同じではありませんが。こんなに多くはなかったし、こんなふうでもなかった。でも、あのときも遺体が消火器の泡に閉じこめられていたんです。パニックを起こした犯人がにおいを消そうとして……実際、うまくいきました。被害者は犯人の妻で、発見したときには、死後およそ二週間が経過していましたが、腐敗臭はしませんでした。難燃剤でミイラ化していたんです。おそらく、今回もそれが狙いではないでしょうか。死体を処分するまで、においを消すことが」

ふたりはふたたびコンテナに歩み寄った。中をのぞくたびに死者の数が増える。あまりにも異様な光景に、徐々に全容が明らかになってきても、断片的なイメージを描くことしかできなかった。

おおぜいの人間。

全員死んでいる。

一面に重なりあって。

「どうもわからない」

「何がです、警部？」

「死体を処分するのに、なぜこんな手の込んだ方法を選ぶんだ？　死体なんてバルト海やメーラレン湖にいくらでも浮かんでる。乗り捨てられた車のトランクの中。森に埋められたり、排水溝に捨てられたり。違うか、ヘルマンソン？　だったら、なぜここまで手間暇かけるんだ？　殺したあとで、はるばる地下道を引きずって、病院まで運んで。奇妙な敬意を感じる。平凡な犯罪者の仕業とは思えない」

マリアナ・ヘルマンソンが何も答えなかったので、ふたりは並んでたたずみ、じっと集団墓地を見つめていた。スヴェンがやってきて、上司の肩を軽く叩くまで。

「エーヴェルト――できるかぎり調べてみたが、ストックホルム県では、死亡者は認可を得た遺体安置所のある五軒の病院に収容される。ストックホルム南病院を除くと、地下道の上に位置して、出入口がある可能性のある病院は一軒だけだ」

「それで？」

「聖ヨーラン病院。クングスホルメン島。警察本部から遠くない」

「電話しろ。遺体安置所の責任者を起こすんだ」

「もう起きてる」

スヴェンは電話を手にし、送話口を押さえていた。

「いまつながってる」

電話を受け取ると、グレーンスはコンテナに、悪臭に背を向けて話しはじめた。

「もしもし、おはようございます。ストックホルム市警のエーヴェルト・グレーンス警部と申します――」

「〝こんばんは〟じゃないかしら」

「どういうことです？」

〝おはよう〟ではなくて、〝こんばんは〟だわ。電話がかかってきたときには、ぐっすり眠ってたから」

「そうかもしれない」

「ごめんなさい。ひどく疲れてて。あらためて、聖ヨーラン病院、遺体管理センター長のマリア・エリクソンです。もうほとんど起きてるわ」

先ほどよりは親しみやすい口調になったものの、声が小さすぎて聞き取りにくい。

「夫や子どもたちを起こしたくないの。なぜささやき声なのか、不思議に思ってるのなら」

「遺体安置所へ。遺体の数。いますぐ行って、数えてほしい」

マリアという名のセンター長は咳払いをした。どこかを歩いているのは明らかだった。足音が聞こえる。

「今度は、私がどういうことか尋ねる番みたいね……数えるですって？」

「そうだ。遺体の数が登録されている数と一致するかどうかを確認する必要がある。すぐに知りたいんだ」

彼女の声は大きくなっていた。眠っている家族から離れたのだ。

「数える？　どうして？　まさか……起き上がって、勝手にどこかへ行ってしまうとでも？」

「その逆だ」

「逆？」

「もしかしたら勝手に入ってきたかもしれない」

マリアは少しずつ事の重大さを理解しはじめた。すでにグレーンスと話しながら服を着替え、すぐに自宅から自転車で五分の病院へ向かった。グレーンスは先ほどのように、コンテナからじゅうぶん離れたアスファルトに腰を下ろし、鼻で息を吸った。

「話せますか、警部？」

顔を上げると、ヘルマンソンは彼の横に座ろうかと一瞬考えたようだったが、結局やめた。

アスファルトは夜明けの光のなかではあまりに硬く、冷たいからだろう。このような殺伐（さつばつ）とした現実を前にしては、なおさらだ。

「監視カメラはありません」

「どういうことだ？」

「この一帯はカメラの対象範囲ではないんです、警部。さっき起きたばかりの県の担当者によると、この地域では誰も許可を申請しなかったようです。でも、当然でしょう――空のコンテナを監視する必要がどこにあるんですか？　クレーンがなければ動かせないほど重いのに」

エーヴェルト・グレーンスは精いっぱい身体をそらし、背中と肩を伸ばした——とんでもない一日だった。しかも夜通しだ。ヘルマンソンの向こう側、コンテナの向こう側、一隻の船が出港準備をしている波止場の向こう側を見やり、水面の上のほうに視線をさまよわせると、すぐにリディンゲ橋にぶつかる。つい一日前の朝、介護ホームのそばの岩から帰る途中に立っていた場所。

「ヘルマンソン——このコンテナの積荷港と船を調べてくれないか」

「わかりました。でも……」

「それから所有者も」

「……おそらく調べても無駄です」

あのリディンゲ橋の上で、このうえなく穏やかで、幸せに満ちた気分で立っていた。いまの自分とは正反対に。

夜明けの光のなか、橋から静寂の世界を眺めるうちに力がこみ上げた。

しかしその力は、目の前の現実によってすべて失われた。暴利を貪る連中が打ち捨てたこの集団墓地には、いまこの瞬間も、絶望した人々が、みずから全財産を投げ打ち、命を危険にさらそうとする人々が新たに集められているにちがいない。

「うるさい。俺は知りたいんだ。どこでおおぜいの人間が積みこまれて、通気孔をひとつ残らず塞がれたのか」

「私もです、警部。でも、バルト海では毎日、何千ものコンテナが輸送されてます。行きは貨物がぎっしりですが、帰りは空っぽで鍵もかけられていない。フィンランド、ロシア、エストニア、ラトヴィア、リトアニア、ポーランド、それ以外の国とも行き来してるでしょう。手引きする者さえいれば、誰でもどこにでも……そういう類のものを詰めることができます」

アスファルト。

ひどく硬い。

グレーンスは立ち上がると、切断して開けたコンテナの真後ろにある赤みを帯びたコンテナにゆっくりと近づき、金属の表面を叩いてみた。虚ろな音が内側に響く。空だ――本来そうあるべき状態のまま。その右側には水色のコンテナがあり、叩くとやはり空洞の音が響いた。次は緑色、その次は全体的に錆びたもの。グレーンスはコンテナを叩いてまわりながら、鑑識や法医学者の到着を待った。彼らが起きて、この忌まわしい夜が終わり、何が起こったのかをようやく理解できる時が来るのを。

「エーヴェルト?」

彼は跳び上がった。スヴェンは背後に忍び寄っていた。あるいはグレーンスが、すっかり心ここにあらずで、死に取り囲まれていたのかもしれない。

「遺体管理センター長だ、聖ヨーラン病院の。折り返しかけてきた」

グレーンスは、先ほどと同じくスヴェンの電話を受け取った。

「もしもし?」

「警部――あなたの言ったとおりだった」

センター長の口調はしっかりしていた。もう起き抜けでもささやき声でもない。たしかに病院にいるようだ。

「保冷庫の遺体を数えて、登録されてる数と照らしあわせたの。三体。三体余分にあるわ」

ストックホルムとヴァータハムネン港の上空に、太陽がゆっくりと昇る。美しくて、すがすがしい、やわらかな朝日。

そのせいで、目の前の光景がますます非現実的に感じられた。

絵画のように。舞台セットのように。

これほど異様な場面は見たことがなかった。

非現実的な感覚をどうにか現実に引き戻そうと、エーヴェルト・グレーンスは一歩下がった。その向こうの、はるか彼方から、一隻のフェリーがゆっくりと近づいてくる。バルト諸国のどこかから帰港したにちがいない。のんきな乗客たちは、ほどなく朝のコーヒーを飲み、免税のトブラローネやシーバスリーガルを購入する最後のチャンスに列を作るだろう。その少し手前、けれども依然として背景にある港は目覚めつつあった。トラックはエンジンをかけたまま停車し、ガントリークレーンは軋(きし)む音を立て、カモメはやかましく鳴いている。いまグレーンスが立っている場所に近い前景では、青と白のビニールテープで事件現場が区切られ、テープの大きな輪が海風にはためき、ひゅうひゅうと音を立てていた。

だが、この光景がきわめて異様なのは、構図の中央にあるもののせいだった。

七十三のかたまり。

アスファルトに整然と並べられている。

六十八名の死者と、希望を抱いていた人々のものだった服の山が五つ。

一体ずつ、固まった難燃剤の泡を取り除かれ、運び出され、地面に横たえられた。少しでも全体を把握するために、少しでも混沌に秩序をもたらすために。五つの服の山は、どれもシャツ、上着、ズボン、靴、靴下の一式で、四つは男性用、残るひとつは女性のものと思われた。まだ判明したわけではないが、グレーンスは、スヴェンやヘルマンソンと同様に確信していた。その五人分の衣服は、聖ヨーラン病院とストックホルム南病院の遺体安置所に隠されていた五体の遺体のものであると。何十もの遺体のうちの。

あまりにもとつぜんの出来事だった。

エーヴェルト・グレーンスは、もはや自分は何も感じられないと思っていた。にもかかわらず、泣いた。

静かな涙となって表われた、心の奥底からの悲しみ。なんと救いようのない世の中だろう。七十三人の人間。列に沿って歩きながら、彼は魂の抜けた目と出合った。ひとつの家族、男性と女性と三人の子ども。同じ生地で作られた服を着て、同じコンテナの角に横たわっていた。別の列には、死んでからも手を握りあっていた中年の男女。鑑識官はふたりの手を無理やり離さざるをえなかった。

しばらくすると、グレーンスは上着の袖で涙を拭うことすらしなくなった。これ以上、不条理なことがあるとは思えなかった。

それが実際に起こるまで。

電話が鳴った。

皆、あたりを見まわした。

ありえない場所から聞こえてくる、やかましく執拗な呼出音。グレーンスやスヴェン、ヘルマンソン、鑑識官や法医学者が立っているところからでも、駐められたパトロールカーからでもない。呼出音がいったん鳴りやみ、ふたたび鳴り出したのは、遺体と服が並べられた左端の列のどこか、まだ調べていない一角だった。

命あるものが存在しない場所。

グレーンスは立ち入りを規制するテープを持ち上げてくぐり、鑑識の黒いバンへと急いだ。後部ドアの内側に、いつものようにビニールの手袋の箱が掛けられている。それを両手にはめ、ふたたび非現実的な場面へと舞い戻った。間に合うように、遺体をまたいで。

呼出音は服の山のどれかから聞こえてくるようだった。

大きめの上着、しわだらけのズボン、かつて焦げ茶色だった、すり切れた靴。

最初に発見された男性に合いそうなサイズの服。白い布にくるまれ、登録された患者のなかに置き去りにされていた男性。翌日に見つかった女性とともに、彼らをこの場所へ導いた男性。

エーヴェルト・グレーンスは、鳴りやまない音を覆(おお)う服の山の横で身をかがめた。

裏地のついた分厚い上着。

そこから音が聞こえてくる。

彼は大きな外側のポケットに手を突っこんだ。何もない。

けれども呼出音は続いていた。上着から振動が伝わってくる。肩のあたり。

生地。

生地の内側。

上着の一方の肩には、グレーンス自身の古くさい上着と同じように肩パッドが入っていて、もう一方の肩には、平たくて硬い、四角い電話が詰められていた。生地に縫(ぬ)いこまれていたのだ。ビニールに包まれた指で苦労しながらも縫い目をつまみ、引き裂いて、中に入っているものを取り出した。

衛星電話。警察本部で見たことのあるものにくらべ、かなり小型で新しい機種だ。

グレーンスが応答ボタンを押そうとした瞬間、呼出音も振動も止まった。

エーヴェルト・グレーンスが車の窓を開け、マグネット式の青い回転灯を屋根に取りつけることはめったになかった。ましてや、けたたましく泣き叫ぶようなサイレンを鳴らすのは異例のことだ。だが、いまはそうしている。荒々しい光と音とともに市街地を突っ切り、わずか数分でベリィ通りに到着した。彼は小さなビニール袋を手に警察本部の廊下を進み、階段を上って鑑識課へ向かった。死者に取りつけられていた衛星電話の持ち主を突き止めるために。

指紋。

グレーンスが、いつどんなときも重要視する証拠だった。

彼の頭が古すぎるからではない。はじめてこの警察本部に足を踏み入れて以来、そのやり方がまったく変わっていないからでもない——一グラムの粉と小さな刷毛(はけ)は、いまだに最も一般的な指紋採取法だ。そうではなくて、確実性の問題だった。唯一無二という点ではDNAも同じだが、指紋のほうがはるかに確実だ。毛髪や爪の破片などは、理屈上、誰もが前もって他人のものを用意し、犯行現場に持ちこむことができる。それに対して、指紋を残すためには本人がその場にいなければならない。

「緊急ですか、警部？」

「かなりな」

鑑識官はグレーンスよりもずっと若い男性だった。年齢はヘルマンソンと同じくらいで、彼女と同じく分析力に長けていた。最近は、昔にくらべて優秀な人材が増えている。彼が受け取ったビニール袋には、衛星電話から採取した指紋が転写された二枚の小さな紙が入っていた。

かつて、その電話を持っていた手から。

「よかったら座ってください、警部」

「作業中の画面を見たい」

「しばらくかかります。それに失礼ながら、警部、お疲れになっているようですが。昨晩は忙しかったんですか？」

グレーンスはその場を動かなかった。自分の息が相手の首筋に吹きかかりそうなほど至近距離を保ったまま。鑑識官は賢明にも文句を言わなかった。アスファルトのほんの一角に並べられた何十もの遺体を目にするのがどんな心境かは想像もつかない。だが、たとえ警部の存在が仕事に不要だとしても、そんな経験のあとに、黙って来客用の席に座っているよう頼むことなどできなかった。

「ふたつの指紋を読み取っています」

話しかければ、コンピューターの画面で行なわれていることを説明すれば、部屋に漂う緊張感が少しは和らぐかもしれない。

「これはゴルトン方式という指紋識別技法の画像です、警部」

鑑識官は画面に表示された最初の指紋を指さした。

「そしてこれが――これとこれが〝短い隆線(りゅうせん)〟。この黒いのが〝皮膚小稜(しょうりょう)〟。それから、これはわれわれが〝分岐点〟と呼んでいるものです。見えませんか？　もう少し拡大してみましょう」

鑑識官は画像を拡大し、鮮明に確認できる部位に赤い点で印をつけていった。

「一般に、照合には最低でも八点の特徴点が必要だと言われています。ですが、個人的にはそれでじゅうぶんだとは思っていません。一致する根拠があると断言するには、警部、少なくとも十点は見つけたいところです」

点と点は赤い線で結ばれ、この世でひとりだけが持つパターーンを作り上げていく。点の数が十二に達すると、パターンは蜘蛛(くも)の巣のようになり、鑑識官は満足して、比較に使用する指紋のデータファイルをロードした。

「一致しました、警部」

まだ最初のファイルしか確認していない――つまり、進行中の捜査に関連する指紋ということだ。

「確率は?」

「百パーセント」

「それで……?」

「身元不明の男性です。三十八時間前に登録されたばかりです。遺体の発見場所は……どういうことだ……入力ミスにちがいない――ストックホルム南病院の遺体安置所の保冷庫?」

エーヴェルト・グレーンスは無意識のうちに画面に身を乗り出し、写真に顔をくっつけそうなほど近づいた。

「そのとおりだ」

「信じられない。すぐに――」

「この情報は正しいという意味だ――この男はそこで発見された。名前はわからない。これで、もうひとつの指紋がますます興味深くなる」

ヴァータハムネン港で、グレーンスは鑑識のバンに潜りこみ、いつものように、鑑識官が衛星電話に慎重にカーボンパウダーを振りかけて、指紋が徐々に浮き上がる様子を眺めていた。じつに鮮やかな手つきで、一本一本の線の状態は完璧に近かった。指紋を拡大し、特徴を洗い出す作業は、先ほどと同様、綿密に行なわれた。

少しずつ完成形が姿を現わす。

ひとりの人間が。

「見えますか、警部？　特徴点はじゅうぶんすぎるほど見つかっています。通常なら十か、八でも事足りますが、現時点で十四あります。彼が――指のサイズから男性だとわかります――われわれのアクセスできるデータベースに登録されていれば、百パーセント一致させられるでしょう」

今回もあっという間だった。

鑑識官が、通称〝Aファイル〟を有効化する。これは、さまざまな犯罪捜査で浮上した容疑者の指紋が十万点以上も保存されているものだ。すると、コンピューターの画面の下部が怒ったように赤く点滅する。鑑識官は表示された指紋にカーソルを合わせ、ダブルクリックして情報を呼び出した。

名前。社会保障番号。住所。

ところが、必要以上に小さな文字を読もうとして、グレーンスが老眼鏡に手を伸ばした瞬間、画面が暗くなった。

「これは……どうしたんだ？」

若い鑑識官が故意に消したのだ。

「どういうつもりだ？　一致したんだぞ」

「ええ、私は読みました。ですが、警部が読むべきかどうかはわかりません」

「いいから、つけろ」

「なぜなら、その名前は、あの電話の持ち主だった男の名前は、あなたが気にかけている人物かもしれないからです」

「俺はこれまで一度だって……ちくしょう、大量殺人の捜査なんだぞ！　他人の人生を終わらせる権利があると思ってる連中のことなんか気にかけてたまるか。これまでもそんなことはなかったし、今後もぜったいにない。だから早く……」

「いろいろ話は聞こえてきます。非公式に。それに、私ははっきり覚えている。あなたが――」

「……クソったれ！」

鑑識官はよかれと思ってそうしただけだ。グレーンスは怒りに駆られながらも、頭のどこかでそのことを理解した。だから、もう声を荒らげはしなかった。ただゆっくりと、深く息を吸った。感情が一気に、激しく表に出すぎてしまいそうなときには、そうすることを学んだのだ。電源ボタンは右の隅にある。鑑識官がスワイプして数秒待つと、画面はふたたび明るくなった。

先ほどと同じ、必要以上に小さな文字。

だが、判読できる。

さらに顔を近づければ。

ホフマン・コズロウ、ピート

やはり無理だった。あいかわらず深く、ゆっくりと呼吸をしているにもかかわらず。

「おまえが……？」

グレーンスは大声をあげた。いずれにしても。

「おまえなのか！」

「そういうことです、警部。つまり……私は事情を知る数少ない人間のひとりです。最初、あなたは彼を殺すよう命令せざるをえなくなった――そして、あなたが実際に彼を殺したと誰もが考えていた。ところが昨年――」

「おい、黙れ」

「――警部、おわかりでしょうね。あなたがはるばる彼に会いに行ったあと、指紋を採ったのは私なんですよ。あなたが彼の命を、家族全員の命を救った際に。ほんとうにお気の毒だと思います。お気持ちはわかります――このような殺人事件の捜査に関連して、彼の名前を目にするなんて。なにしろあなたは――」

「いいかげんに口を閉じないと……」

グレーンスがしょっちゅう相手に殴りかかっていたのは、はるか昔の話だ。

それに、何もわかっていない若い同僚に対して、いまさらそんなことをする気もなかった。

だからグレーンスは部屋を飛び出し、ほかのいまいましい廊下と同じく薄汚い埃だらけの廊下に出ると、四十年も過ごしてきたにもかかわらず、一度たりとも居心地がよいと感じたことのない建物の出口へと急ぎ足で向かった。

おまえが？

俺には理解できない。

おまえが——大量殺人に関わっているのか？

〝ありがとうございます。いろいろと〟

俺はおまえを刑務所の門の前まで迎えに行った。家まで送り届けた。俺たちは別れを告げた。永遠に。

〝あの中で待ってる人たちを大切にしろよ〟

おまえを家族にゆだねた。

〝これからはもう、あの三人を、おまえを、危険にさらすものはなにもない〟

俺はおまえを信じていた。ソフィアと子どもたちがキッチンのテーブルで待つ家の前に立っているおまえを。俺の目を見て、これからは生まれ変わると言ったおまえを。

〝日常が始まるんだ、ホフマン。法にかなった日常だ。今日も、明日も、あさっても。もう二度と会うことはない。そうだな？〟

ようやく薄汚くいまいましい廊下が終わった。グレーンスは薄汚くいまいましいドアを乱暴に開け、ベリィ通りに出ると、薄汚くいまいましい警察本部の外に駐めた、薄汚くいまいましい車へと向かった。

だが、彼にはわかっていた。

指紋は嘘をつかない。コンテナで発見された衛星電話の指紋は、どう考えても仕組まれた罠ではない。本人が残したものだ。

皮膚小稜、分岐点、隆線の長さや間隔。これらは本人が生まれる前から存在し、死後も残るパターンを形成する。ただひとりの人間だけが持つ、独自のパターンを。

第二部

その道は、もともと道ではなかった。だが、食糧が底をつく飢餓(ハンガー)シーズンのあいだは、この干上がった川床がサハラ砂漠を横断する車の一団の通り道となる。フィリンゲの東に何マイルも伸びる、曲がりくねったでこぼこの道は難民キャンプへと続く。何千ものテントだけが、素肌にじりじりと照りつける容赦ない陽射しからの避難所となる場所へ。かつて水が流れていたころの川は、まったく異なる一団、すなわちラクダに乗って西アフリカから地中海へ向かう人々を導いたものだった。

ピート・ホフマンは、車のフロントガラス越しに果てしない砂漠を見つめていた。生き物のごとく地面の上に揺れる陽炎(かげろう)に魅入られないよう抗(あらが)いながら。家が恋しかった。ソフィアとヒューゴーとラスムスと、ストックホルム南部の自宅が恋しかった。明日の晩。それまで待てば、また会える。錆びついた門を開けて庭に入り、玄関のドアの数歩手前で声が聞こえ、彼らを抱きとめ、やめてくれと言われるまで強く抱きしめる。毎回、触れれば触れるほど、思いきって手を放すのが難しくなっていた。

だが、少なくともあと五分で話すことができる。一日で最も大切な時間。ホフマン家のキッチンで、音を立て、おしゃべりをして、手をべたべたにしながら三人がそろって朝食を食べているあいだに。

太陽は、雲ひとつなく澄みわたった鮮やかな青空に昇りはじめている。昨日の朝、ブルキナファソでトラックに荷物を積みこんでから、ほぼ丸一日旅をしていた。午後のどこかでニジェールとの国境を越え、夕方から夜のあいだに北へ、東へ、砂漠と飢餓の地を目指して進んだ。

摂氏三十三度。風はほとんどない。西からごく弱い微風のみ。トラックのタイヤが砂をまき散らすばかりだ。

つねにその場の雰囲気を感知する——どれだけ広い場所であろうと。

つねに備える。

ピート・ホフマンは助手席に座っている男を見た。知り合いになる暇はなかった。新顔だ。フランクとかいった。デンマーク出身。背が高く、筋肉質で若い。前回までそこに座っていた、はるかに年上の男とは正反対だ——ノッティンガム出身のリック。長年、南アフリカの民間警備会社で真面目に働き、あと数年で退職するつもりだった。その現代版フランス外人部隊とも言うべき会社では、従業員に一日当たり千ドルの報酬を支払って、国連軍には許可されていない輸送を警護させていた——要するに食糧を確実に届ける仕事だ。リックは先週、故郷に戻った。といっても、退職したのではない。妻が病気だった。毎日、命を危険にさらしてきたうえに、愛する人が癌になってしまったのだ。

八時十五分前。ジャスト。

ホフマンはベストのポケットから衛星電話を取り出すと、登録された数少ない番号のひとつにかけ、回線がつながるのを待った。

彼の車は五台のグループの先頭にいた。攻撃されれば、かならず真っ先に撃たれる位置だ。リックが横にいたころは、毎朝リラックスして、自分にとってかけがえのない電話の向こうの声に集中することができた。リックが電話をかけるのは夕方で、彼と妻がいつもの儀式を行なうあいだ、ホフマンはことさら注意深くふたり分の仕事をこなした。彼はリックを信頼していた。その観察力は舌を巻くほどだった。助手席の見張り役というのは、周囲に目を配るために座っているのではない。周囲の異常に目を配るためにいるのだ。前方の道に埋められているかもしれない爆弾、風ではなく略奪団の襲来を示す、かすかな粉塵、あるいは待ち伏せするのに最適な地平線上の岩。このルートや一帯の状況を知り尽くしたリックのような人物であれば、そうした異常は容易に発見できるが、フランクとかいうデンマーク人には難しいだろう。たとえ、アフガニスタンの厳しい部隊から、みずから志願して直接ここに来ていたとしても。たとえ、悲しみや無気力、虚しさを消し去るために来て、どんな危険も厭わない他の連中と同じく、朝からアルコールのにおいをぷんぷんさせていたとしても。

「パパ！」

ラスムス。真っ先に出るのは、ほとんどいつも彼だ。ソフィアの電話に突進し、キッチンテーブルのヨーグルトとトーストしたオープンサンドのあいだにバランスよく立たせる。その朝食の香りは、海を隔てたここまで漂ってくるようだった。

「やあ、おはよう。今朝は何を食べてるんだい？」

「サンドイッチ。溶かしたバターをちょっとだけ塗ったやつ」

そのトーストが目に浮かんだ。バターが滴り落ちている。

「ちょっとだけか、ラスムス？」

「ええとね、たっぷりかもしれない」

スプーンが皿に当たる音が、はっきりと聞こえた。下の子の向かいに座っているソフィアが、オートミールで一日を始めたにちがいない。

「パパは何を食べてるの？」

「まだ……食べてないんだ。いまは車に乗ってる。しばらく前から。だけどコーヒーは飲んだ」

ラスムスはすぐには答えなかった。トーストを口いっぱい頬張っているのだ。音を聞けばわかる。その隙にピート・ホフマンは窓を開け、車の中の生暖かい空気を、外に潜む同じくらい生暖かい空気と入れ替えた。彼の標準装備――防弾チョッキ、片方の肩に掛けた銃、もう一方の肩に掛けたナイフ――は、南米にいたときから、もう一枚の皮膚も同然となっていたが、今日のように胸に汗がたまる日には、嫌でも意識せざるをえなかった。五十キロの袋に入った米やトウモロコシ、二リットル瓶のコーン油を積んだ国連のトラック三台と、最後尾の護衛車を振りかえる。すべてが順調に思えた。まったく食べるものがない人々のもとへ向かう、ふだんよりも小規模の輸送――通常は十六名、もしくは十八名でグループを組むが、今日は四名だけだった。先頭の車にピートとデンマーク人のフランク、そして最後尾の車には、民間警備員の経験が長い、やたら銃を撃ちたがる怖いもの知らずの南アフリカ人がふたり。

「ラスムス、まだそこにいるのかい？」

「噛んでるんだ、パパ」

「そろそろお兄ちゃんに代わってもらえるかな？」

「いいよ」

「ヒューゴーか？」

ヒューゴー。成長期真っ盛りの長男。心と頭の中では、ホフマンはすでに自宅のキッチンに入り、旅から帰ったときにいつもそうするように、しゃがんで、留守のあいだに何かあったかどうかヒューゴーに尋ねていた。ヒューゴーは決まって、いかにも子どもらしく、何もなかったと答える。するとピートは、息子のほっそりした肩をつかんで言う。〝そんなことはない。おまえが大きくなった〟。そして彼をドア枠の前に立たせ、古い線の上に新たな線を描く。〝ほら、ヒューゴー、二センチも大きくなったじゃないか〟と言う。

「ヒューゴー？　聞こえるか？　何か言ってくれ」

何もないはずはない。離れている三カ月のあいだに、数えきれないほどのことがある。そしてときどき、ほんの一瞬だが、見知らぬ者どうしのように感じる。ヒューゴーの顔をのぞきこんでも、ほんとうに誰だかわからない。あたかも息子が別人になってしまったかのように。実際にそのとおりだった。そしてピートは自分が恥ずかしくなる。わが子がわからないのだ。あるいは、子のほうも親がわからないのかもしれない。

「ヒューゴー？」

「聞こえてる」

テーブルにグラスを置く音がした。続いて冷蔵庫が開く。そして、キッチンのシンクで蛇口の水が流れはじめる。

「やあ、ヒューゴー、調子はどうだい？」

「いいよ」

ぶっきらぼう。少し前からヒューゴーはそんな様子だった。ソフィアがそう言って、心配していた。

「いいって何が？　教えてくれよ、ヒューゴー」

「学校」

「そうか。学校の何がいいんだい？」

ためらい。ピートにはわかっていた。音は聞こえなかったが、わかっていた。ヒューゴーがそこに座って、口にしたくない言葉をこねくりかえしていることが。

するとソフィアが咳払いをして、長男と同時に電話に向かってはっきりとささやいた。

「パパに話したら？　英語のテストでAを取ったって」

またしても、ためらい。少しして、ヒューゴーは少なくとも一語を口にした。

「英語か、ヒューゴー？　それで？　英語がどうかしたのかい？」

「英語」

「うまくいってる」

道、正確には川床が石だらけででこぼこになってきて、ホフマンはスピードを落とした。前方の西寄りに小さな岩山が見える。恰好の待ち伏せ場所だ。彼は岩壁に目を凝らしたが、とくに不審な点は見当たらなかった。

「すごいじゃないか。英語だろ？　すごいことはまだあるんだ。なんだかわかるかい、ヒューゴー？」

「ううん」

「明日、パパは家に帰る。そしておまえたちに会って、キスをするんだ」

車は岩山を過ぎたが、やはり変わったことはなかった。

「ヒューゴー、ちょっとママに代わってもらえないか？」

本来ならリラックスすべきところだが、できなかった。何かがおかしい。ホフマンの仕事は、まっすぐ前を見て、運転に集中し、厄介な道を切り抜けて難民キャンプまでたどり着くことであり、見張り役はフランクが務めるはずだった。にもかかわらず、ホフマンはバックミラーで岩山をちらちら見ていた。

「ピート？」

「おはよう。今日はいい日かい？」

「いつもと同じ。でも、いつもと同じ日が好き」

「俺は、いつもと同じ日が好きなきみが好きだ。それなら明日は……」

彼はふいに言葉を切った。断言はできない。が、錆色（さびいろ）の岩壁で何かが動いたような気がした。人間がひとり、ひょっとしたらふたり、移動しているような。

「ソウ、ちょっと待ってくれ――」

その瞬間、飛んできた。立て続けに銃弾。自動小銃。崖の上から。カラシニコフだ。

「ソウ、切らないといけない。またかける」

運転席の後ろの二カ所に取りつけたフックに狙撃銃を常備していた。ホフマンはすばやく銃身に手を置き、いつでも取れるようにすると、送受信無線機をつかんで、三台のトラックの運転手と、最後尾の車に乗っているレニーとマイケルに指示した。

《そのまま走れ。スピードを上げろ！》

さらに銃弾。バックミラーで銃口が火を噴くのが見える。やはりカラシニコフだ。しかし狙われているのは、通常なら真っ先に攻撃される先導車ではなかった。

食糧を狙っているのでもない。真の目的であるはずのトラックを。

標的は最後尾の車だった。だが、弾は大きくそれた。たまに地元の犯罪ネットワークに降って湧いたように現われる新入りも、ここまでひどくはない。

納得がいかなかった。

場所も適切ではない——攻撃は前方から仕掛けるべきだ。太陽が最もまぶしい東に向かっている輸送隊に対しては。姿をさらさないように。

その瞬間、見えた。

輝く太陽の真ん中。三百メートルほど向こうに。

何かきらめくもの。反射する金属。

ピート・ホフマンは光のほうに目を凝らした。本来ならフランクが監視すべきだが、彼は岩山を振りかえっている。

小さなトラックらしきものが見えた。

《全員、停まれ……》

今度は大声で叫んだ。

この一帯で、トラックの荷台に光る金属が積まれている場合、後方からの攻撃が何から注意をそらそうとしているかは明らかだった。

《……すぐに！》

ホフマンが力いっぱいブレーキを踏むと、タイヤが干上がった川床を切り裂き、彼が運転する車も後続車も急停止した。それと同時に、四、五メートル前方で榴弾が爆発した。八百個の鋼球が仕込まれた爆弾。だがその弾は、死を拡散する代わりに、盛り上がった砂の中に留まった。

擲弾発射器。先ほど反射光が見えた場所から発砲されたのだ。後ろの車の南アフリカ人たちは、六秒で無反動砲に砲弾を装塡した。このあたりでは群を抜いた能力だ。たいていは、どんなに早くても十秒か、場合によっては十二秒かかる。

その時間を稼ぐだけでよかった。再装塡するまでに、榴弾の発射を制止するための。

ホフマンは運転席の後ろに掛かっている狙撃銃をつかむと、車の外に飛び出し、銃をボンネットの上に固定した。右肩に発射器を構え、こちらに狙いを定めている敵の姿を照準器越しに見たとたん、さまざまな考えが脳裏をよぎった。

ソフィアは知っているのか？

子どもたちは聞いたのか？

相手が先に発砲したら――俺はもう家族の声を聞けないのか。あるいは、彼らは俺の声を聞けないのか。

射手の横に立っている男が、新たな榴弾を取って発射器に押しこんだ。そして、発射の合図に射手の肩を叩こうとした瞬間、ピート・ホフマンは撃った。射手の額の上部を狙って。装塡係は仲間の顔が靴に当たって困惑し、銃弾が飛んできたほうを振りかえった。その拍子に、彼の顔がはっきり見えた——見覚えがあった。誰なのか、どこで見たのかはわからない。会ったのが友人としてだったのか、敵としてだったのかも。ホフマンは躊躇した。引き金に人差し指をかけたまま。装塡係が身をかがめ、仲間の擲弾発射器を拾い上げて、みずから撃とうとするまで。〝おまえか、俺か〟とホフマンが久しぶりに考えざるをえなくなるまで。〝俺は、おまえよりも自分自身のほうが好きだ。だから、自分自身を選ぶ〟。そして、装塡係の左のこめかみに向けて二発目を発射した。

その後に訪れた静寂は、いつもと同じだった。死がやってきて、その場に留まるかどうか決めかねていた。

ピート・ホフマンは、ふたたび送受信無線機をつかんで叫んだ。

《コズロウだ——レニー、マイケル、見せかけの襲撃だ。どんな様子だ？》

《岩山の上の射手は死んでます。間違いありません》

《射手と、その東側の装塡係のほかは誰もいないはずだ。五分待とう。状況が変わらなければ、おまえたちはトラックのそばにいて、岩山から目を離すな。フランクと俺は死体を調べに行って、やつらの身元を確かめる》

ふたりは、そよ風と何カ月も続く干魃と容赦ない飢餓に耳をかたむけてから、攻撃が行なわれた場所へと向かった。

ホフマンはフランクを見た。額から血を流している。

「どんな具合だ？」

「あんたがブレーキを踏んだ」

「悪かった」

「そうじゃなくて、礼を言うよ。おかげで助かった。ふたりともな。あんたが俺の仕事をやってなければ、いまごろ俺たちは、あのいまいましい川床にうつぶせになってたぜ」

落ち着いている。それがピート・ホフマンのいまの心境だった。こうした出来事のあとは、いつもそうだ。心配でも恐怖でも不安でもない——めったに心に満ちることのない落ち着きだけ。となりに座っている若いデンマーク人の顔つきも変わっていた。顔面の大部分を覆ってはいるが、この暑さですぐに乾きそうな血のせいでも、ずり落ち、割れて片目があらわになったサングラスのせいでもない——身体の内側に新たなエネルギーが満ち、もはや虚ろではなかった。死の危険を冒しているときに最も生き生きするタイプなのだ。これ以上ない一日の始まりだと思っているにちがいない。襲撃、命がけの戦い、アルコールをかき消すアドレナリン。

「やつらが撃ってきたとき、電話してただろう？」

「ああ」

「子どもがいるのか、コズロウ？」

「息子がふたり」

「奥さんも？」

「まあな」

「それで明日――家に帰るのか？」

「そうだ。今夜はニアメのホテル。明日は空港からスウェーデン、そして家族のもとへ。二週間。生きかえる時間だ」

擲弾発射器は道から離れたところにあり、やわらかい砂や小石のせいで、なかなかたどり着けなかった。

「おまえはどうなんだ？　デンマークに帰るのか？」

「デンマーク？」

「ああ、家に。その顔に表われている、すばらしいエネルギーが尽きないうちに」

「家なんか、ない。天涯孤独なんだ。このエネルギーはザルジスで使う。北アフリカの、とびっきりきれいな海辺の安酒場で。それが俺の生きかえる時間さ。いっしょに来るか、コズロウ？　チュニジアに二週間。ふたりして昼間は寝て、夜は飲んで踊り明かそうじゃないか」

ピート・ホフマンは、自分たちの命を奪っていたかもしれないトラックの後ろに車を駐めた。フランクは飛び出すように降りると、銃を構えながらトラックの後部に近づく。だが、誰もいなかった。ピートにはわかっていた――確信が持てなければ近づかなかっただろう。それでもアドレナリン中毒の相方を先に行かせ、同時に彼を観察した。いったい、誰がおまえの腕を保証したのか。おまえが千ドルの日当にふさわしいと、この仕事をこなすだけの力があると誰が考えたのか。精神的に安定し、砂漠の真っただ中で何週間も過ごし、発狂したり理性を失ったりすることなく、敵を撃ち抜くことができる人物だと推薦したのは誰だったのか。

「安全だ！」

すでに知っていることを知らせるフランクに、ピート・ホフマンはほほ笑んで見せた。

「よし」

彼はトラックに近づき、荷台の中央に積まれた重さ三キロ半の榴弾を数えた。八発。つまり、全部で十発用意していたことになる。

「やつらの目当ては食糧ではなかった」

「違うのか？　俺たちが運んでたのは食糧じゃないか」

「警備を追い払ってから、食糧を撃つつもりだったんだ。食べるためでも転売するためでもない。木っ端微塵にしようとした。さらに難民を増やすために」

デンマーク人はとくに納得した様子もなく、榴弾に目を向け、手を伸ばして触れようとして……やめた。

「このあたりでは、そういうものだ、フランク。もちろん食糧を奪うこともある。食べるために。転売するために。だが最近では、こうした目的で襲撃するケースがほとんどだ——食糧を取り上げ、木っ端微塵にし、難民の数を増やして、密航業者にますます金を稼がせる。ここは、北を目指してアフリカ各地から集まってくる難民の合流地点だ——その九割はニジェールからリビアへ向かって、ヨーロッパ行きの船に乗る」

一方の死体——射手——はトラックの荷台から落ちかかり、もう一方の装塡係は砂につぶせになっていた。どちらも三十代。地元民ではない。北アフリカ人だ。

「コズロウ？」

フランクは、話しかけるように射手の死体に顔を近づけていた。

「さっきも言ったが、あんたは命の恩人だ。ひとつ借りができた。いつでも返すぞ、コズロウ。なんでもする」

ピート・ホフマンも射手を見つめた。傍らの擲弾発射器の大部分は、飛び出た内臓で覆われていた。だが、この男はどうでもいい。それよりも装塡係だ。見覚えのある顔。ホフマンは、ぴくりともせずに砂の上にうつぶせになった身体に歩み寄ると、肩をつかんでひっくりかえした。

たしかに見覚えがある。顔の一部が破損していても。しかも、目にしたのはそれほど昔ではない。

だが、はっきりと思い出したのは、死んだ男の耳を見たときだった。

上部が欠けた、半分だけの耳。これではサングラスもかけられない。三週間前に会った際にも、そう思った。魚やタールよりも人間の便や汗のにおいが強烈だった港で。

「コズロウ、ほんとうだ。こんなことは二度と起きない。もう俺の仕事まで任せたりはしない。なんでもするよ。命にかけて」

「だったら、まずは地図、GPS、電話、それ以外にも、とにかく目についた情報を残らずかき集めるんだ。本部に送れるように。俺は電話の続きがある」

ピート・ホフマンは砂地を数歩離れた。陽射しと熱気が周囲に揺らめいていたが、気づかなかった。いまから、この世で唯一、大切な人たちと話すのだ。

「ピート？」

ソフィアは最初の呼出音で出た。電話を手にしたまま待っていたかのように。

「どうしたの？」

そして、ふたりの子どもに聞こえないように声をひそめる。

「なんでもない」

「何か聞こえたわ」

「ただの障害物だ」

ホフマンがちらりと目を向けると、フランクは二体の死体をつかんで衣服をまさぐったり、付近一帯を調べたりしている。

「障害物？」

「ああ。何かが道を塞いでいた。だが、もう大丈夫だ」

例の沈黙だった。彼女が自分をじっと見つめているときの。気づいているときの。

「ピート、いまはちょっと都合悪くて。廊下にいて、これから学校へ行くところだから」

「ふたりに挨拶する時間はあるかな？」

「もちろん」

「先にヒューゴーに代わってくれ――さっきは、なんだか中途半端だったから」

今度の沈黙は、先ほどとは違うものだった。そして彼女の口調も。

「ヒューゴーは……もう出かけた。いつも急いで学校へ行くの。でもラスムスは、ここにいる」

彼女が電話を渡すと、パチパチと雑音が聞こえた。七歳児はしっかり握ろうとする。

「やあ、パパ、今日二度目だね」

「やあ、ラスムス」

「もう行かなくちゃ。でないと遅れちゃう。明日会えるね、パパ。ほんとに。電話じゃなくて」

そうして息子は通話を切った。

あとには電子機器越しの沈黙が流れるばかりだった。

それまでの沈黙よりも、たちが悪かった。

第三部

涙をこらえるのが難しい朝もある。といっても、泣きたくないわけではない――それは心地よい涙だった。喜びと安堵からこみ上げ、身体が軽くなるような――穏やかであると同時に激しく、落ち着くと同時に不穏になる。泣きたくないのではなくて、泣くことを習慣にするべきではない。それよりも、朝、自分の家で目を覚まし、なんの心配もなく子どもたちのほんとうの名前を呼べるのが当たり前だと感じるべきだ。

ソフィアはキッチンの窓の植木鉢を動かして、リュックを背負ったヒューゴーとラスムスが家の前の通りを歩いていくのを見守った。毎朝の日課。もうどんなことを訊かれても、しっかりと目を見て答え、ドアを開けて、ピートがずっと必要だと主張していたボディガードをつけずに出かける子どもたちを見送り、ふたりが学校に着けば、周囲の子どもたちと同じく隠れずに済むと、母親として胸を撫で下ろす。

長年の逃亡生活の緊張は、ゆっくりと、ほんの少しずつ解けてきた。自分たちが地獄のような生活を送っていたと、あらためて理解するようになったのは、自宅に戻り、それまでを振りかえる余裕が生まれてからだった。

その点、息子たちは、ほとんど苦労しなかった。少なくともラスムスは。以前の生活を受け入れ、異国で暮らし方を変えたのと同じくらいすんなりと、一歳まで過ごしたかつての家に順応した。いまでは生垣の穴を抜けて隣家に入りこんでいる。それに、あいかわらず足の裏全体で着地して、どたばたと階段を上り、当時からラスムスのものだった部屋を出るときには、決まってベッドの上のランプを消し忘れる。おそらく幼いほど適応しやすいのだろう。それに対してヒューゴーは、ことあるごとに動揺を見せた。その目には、一瞬のうちに自分の世界が止まり、すべてをあとに残していかなければならなかった、あの朝と同じ悲しみがいまだに満ちていた。ヒューゴーには決められた行動が必要だった。子どもにしては、あれこれ考えて気をもむ性格だ。南米でも完全に慣れることはなく、ふたたび手にしたかつての生活にも折り合いをつけられずにいる。まるで、いまの暮らしは幻で、明日も続くものだとは思っていないかのように。

もうじきソフィアも子どもたちと同じ道を通って、同じ学校へ向かう。そこでフランス語とスペイン語——コロンビアのカリで習得した言語——を教えているのだ。ときおり職員室で、無意識にいまと同じことをしているのに気づく。窓の外に目を向け、ふたりの息子の動きを追っていることに。ふたりとも安心して、楽しそうだった。ヒューゴーも。それに友だちもいる。ずっとふたりきりで過ごしてきた兄弟は、家庭教師のおかげで学校の教科は先取りして学んだものの、社交術の面では、長い孤立のせいではるかに後れを取っていた。

そのふたりが校庭で遊んでいる。元気いっぱいに転げまわって。ボールを追いかけて。ときには子どもたちのグループに交じって、隅っこでただ立っている。ほかの子どもと変わりなく。

またしても喜びと安堵が湧き、お腹から胸にこみ上げ、しばらくそこに留まるうちに、ソフィアは身体が震えるのを感じた。あまりにも長いあいだ夢に見た生活だった。耐え忍ぶために、来る日も来る日も思い描いていた生活。逃亡によってますます遠ざかるにもかかわらず、現実から逃げこんでいた夢。次男はすでに順応していて、長男もいずれはそうなるだろう。ただ、これがふつうの生活だと理解するのに、もう少し時間が必要なだけで。

つい先ほど、朝食のあいだにピートと電話で話した。いつものように同じ時刻に。息子たちのために、一日を始めやすくするための日課。毎朝、起きて着替えてから食事の用意をして、チーズとパンのあいだに携帯電話を置き、スピーカーフォンにする。けれども、今日は会話が中断した。彼の身に何かが起きたのだ。電話を切る直前に聞こえたのは、間違いなく銃声だった。すばやく子どもたちを見たが、オレンジジュースを飲んだり、トーストにこれでもかというくらいスライスチーズをのせたりしていたふたりは、彼女が察知したものには気づいていなかった。危険には。しばらくして、子どもたちが朝食を食べ終え、歯を磨き、学校へ向かうために廊下に出たとき、ピートはふたたび電話をかけてきて、何も問題はないと請けあった。夫がけっして同情を求めず、子どもたちを心配から、もうひとつの現実から守ることを何よりも優先してくれるのはありがたかった。にもかかわらず、いつものような会話ではなかった。ラスムスが家の中でぐずぐずしているあいだに、ヒューゴーは急いで行ってしまい、玄関のドアを開けて閉め、外の段に座って待っていた。はじめて家族の朝の会話に参加しなかった。目を閉じれば、パパとママと息子ふたりがキッチンのテーブルにそろってついた、ありきたりの朝食とほとんど変わらない時間に。

つねに子どもたちを守る。

長いあいだ嘘をついていたピート。でもこれからは、どんなに不快なことであっても、かならず真実を話す、打ち明けると、ようやく約束してくれた。そうやって、南米も、コカイン・ビジネスも、暴力も、彼が片棒を担(かつ)いでいた殺人も乗り越えてきた。そうやって、互いを受け入れることができた。それが家族に似た関係を続けてきた理由だ。いまのように彼が長期間、家を留守にして、数週間だけ帰ってくるパターンにも慣れた。それによって生計を立て、日々暮らしていた。国連に委託された民間警備会社のスタッフとして、アフリカを行き来する。彼はおそらく人生ではじめて、人の役に立つ仕事をしている。おまけに、一家が何年も生活できるほどの大金を稼いでいた。

もう子どもたちの姿は見えなかった。角の大きな家、誰かが通りかかるたびに、気性の荒いブルドッグが吠えながら柵沿いを走りまわるところで、いつも愛おしいわが子たちの姿を見失う。

ソフィアが植木鉢を元の位置に戻し、カーテンを直して、上着を取りに廊下に向かいかけたちょうどそのとき、場面が変わった。

どこかで見たことのある車。

近所の住民にしては、不注意なほどスピードを出している運転手。目的地は明らかだった――まっすぐ袋小路に入り、彼女の家の門と私道を目指している。

運転手がドアを開けて車から降りるあいだ、ソフィアは窓ぎわに立ったままだった。そして、たちまち後悔した。

まさか彼？

エーヴェルト・グレーンス警部？

いささか後ろめたかった。彼には好意を抱いていた。一度は夫に死を宣告したとはいえ、はるばるボゴタとワシントンまで行き、独自の判断で夫の命を救ってくれたのだ。家族全員を助けてくれた。いかつい顔の裏に、温かくて孤独な心を隠した年配の男性。子どもたちでさえ、スウェーデンに帰る前に、勇気を出して空港で会った人物。

〝よく来たな。おじさんはな、エーヴェルトって名前だ。おまえさんが……ラスムスだな？〟

〝セバスチャンだよ〟

警部が片脚の痛みをこらえて腰を落とし、ウインクをしてささやいたときの様子が脳裏によみがえる。

〝ほんとはラスムスって名前だろう、知ってるぞ。いい名前だ。あの飛行機でスウェーデンに着いたら、おまえさんの名前はラスムスだ〟

ラスムスが不安げに父親を見やると、ピートはうなずき、同じようにささやいた。

〝エーヴェルトおじさんは……知ってるから〟

すると六歳の表情が少しずつ和らいだ。

〝うん。ラスムスだよ。ほんとはね〟

だから後ろめたかった。ほんとうなら感謝して、喜んで招き入れるべきだ。だが、もう二度と会わないはずだった。そう決めたのだ。その彼が玄関のドアの前にやってきて、ベルを鳴らしているという事実は、何か問題が起きたことを意味する。ピートに関わる問題にちがいない。いつだってそうだ。

ソフィアはドアの取っ手に手をかけたまま、長いあいだ押し下げずに立っていた。けれども、だんだんときまりが悪くなる。彼は警部だ。当然、足音を聞き逃さず、壁に映った影も窓越しに見ただろう。乱れた呼吸にも気づいたかもしれない。

「こんにちは」

彼はほほ笑んだ。わずかに、それでも彼にとっては精いっぱい。やはり気まずいのだろう。やはりきちんと向かいあって顔を見たいにちがいない。

「エーヴェルトさん？　とつぜんどう……」

「中に入れてもらえないか？」

ソフィアはうなずき、わきに寄って彼を通した。

「ごめんなさい、ほんとうなら何か、せめてコーヒーでも出すべきなんですけど——時間がないんです。もうじき一時間目が始まるので」

「コーヒーはいらない。玄関で冷たい水を一杯もらえれば、それでじゅうぶんだ。ゆうべは大変だったものでね」

ソフィアも同じように、わずかにほほ笑んでから、あいかわらず引け目を感じたままキッチンへ急ぎ、冷えた水が出てくるまで蛇口を開けっぱなしにすると、目についたいちばん大きなグラスに注いだ。

「水道水です。エンシェーデでいちばんおいしいの」

彼女はグラスを渡した――警部が飲み干すあいだに考えなければならない。

なんのために来たの？

何があったの？

なぜ、何も言わないの？ 私が怯えているのがわからないの？

「ソフィア、じつは……」

「それが私の名前です。ほんとうは」

彼女が偽名で暮らしていたころを思い出して、ふたりとも軽く笑う――あのとき、ソフィアはそう答えた。ピートがこのスウェーデン人の警察官を信用すると決めたから、彼女もそうしたのだ。

笑いはすぐに消えた。

ふたりで向きあわざるをえなかった。

彼が理由もなくここに来たと思いこむことが、ばかばかしくなってきた。

「ソフィア、今日は――」

「もう会わない約束だったはずです」

「――あんたに――」

「だから帰ってください」

「――頼みがある」

半リットルも入る大きなグラスだった。それが空っぽだと示すかのように、警部は逆さまにして振ってみせた。彼も同じくらい気まずく、落ち着かないのだ。

「しばらく歩いていて……その、ひどく汚くて、においも強烈だったせいで……もう一杯もらえないか?」

ソフィアはふたたび冷たい水をなみなみと注ぎ、彼が飲み終えるまで待った。ふたりのあいだの溝は深まるばかりだった。

「もう耐えられないわ、エーヴェルトさん――どうして? なぜ来たんです? 私はてっきり……私たちの関係は終わったはずです。永遠に。個人的な用件のはずはない。だから警察の仕事ですよね――話してください! 何が目的なんですか?」

ソフィアはけっして声を荒らげない。ピートは怒鳴る。子どもたちも。ポーランド語でもスペイン語でも。だが、彼女は大声をあげない。

なのに、いまはそうしていた。

「答えて！」

彼のせいではない。それはわかっていた。彼は好きでここにいるわけではないのだと。だが、関係なかった。目の前にいるのはエーヴェルト・グレーンスで、彼女がもう二度と抱くことはないと思っていた絶望の砲火を浴びるのは彼だった。

「どうして、エーヴェルトさん？」

下駄箱の横にスツールがあり、ソフィアはその上にのっていたバッグを押しのけて腰を下ろした。どうしても脚が動かないときには、そうするほかはなかった。

「ピートだ」

口は開いたものの、警部は彼女をまともに見ることができなかった。目を見れば心の動きがわかってしまう気がした。

「彼に連絡しなければならない。話がある」

「何について？」

「彼しか答えられないことについて」

「どういうこと……何があったんですか？」

「わからない。まだ」

エーヴェルトは彼女の頬に触れて慰めたい衝動をこらえた。年寄りは若い女性を困らせるべきではない。警察官が事件に関わりのある人物を守りながら真相を突き止めるべきではないのと同じように。

「だが、彼の居場所を教えてもらえれば、答えが見つかるかもしれない」

ストックホルムはまだ朝だった。だが、そんなことはどうでもいい。人間がゴミ溜めも同然のコンテナに放置されて死ぬような世界では、もはや時間など無意味に思えた。時計の針が動き出したのは、やっとのことでホフマンの家を取り囲む迷路のような狭い通りを抜け、市内に戻る高速道路に目をやり、エンジンをかけたまま動かない車が列をなしているのに気づいたときだった。この時間帯では、警察本部で朝食にありつく数分のために、青いライトを点滅させてサイレンを鳴らすのは論外だ。それゆえエーヴェルト・グレーンスも金属の殻に閉じこめられ、みずからの考えによって孤立した、おおぜいの通勤者の列に加わった。ところが、思いのほか快適だった。押しつけられた静けさ。激しい怒りも懸念も自由にうろつきまわる空間。それに飽きたら、窓を開けて追い出せばいいだけだ。

アフリカ？　ニジェール？　ソフィアはそう言っていた。

昨年、古いスーツケースを手にあわただしく出発する前に、コロンビアの位置を漠然としか把握していなかったとしたら、ニジェールは頭の中の地図でも輪をかけて空白地帯だった。

ピート・ホフマンは、ますます地形に関する理解力を高めている。

「エーヴェルトか？」

スヴェンに電話をかけると、一回目の呼出音で応答した。

「エーヴェルト、何か問題でも……」

最も親しい同僚の声がスピーカーから天井に広がり、車の中を漂う。

「……あったのか？」

「正直、わからない」

「とつぜん姿を消したから。あの鳴り出した電話を持って。クランツが検出した指紋も。いったい……」

「ニアメだ、スヴェン」

「は？」

「ニジェールの首都。西アフリカ。発信地はそこだ」

「ほんとうか？」

「アーランダから一日一本、午前に便が出ているらしい。パリで乗り継いで十時間。いまからこの渋滞を脱出して、市内を避けて北へ向かう。国際線ターミナルへ。そのフライトを予約して、代金は立て替えておいてくれないか。とりあえず——あとで返す」

天井のスピーカーは、電子機器によくあるように音割れすることもなく、ノイズが入ったり、言葉や音を呑みこんだりもしなかった。受信状態は申し分ない。おかげでグレーンスは、スヴェンがしばらく黙っているあいだに、彼がまだ港で、あのコンテナや、ボードゲームのコマみたいにアスファルトにずらりと並べられた遺体のそばにいることがわかった。風が吹き、カモメがやかましく鳴き、大型のクレーンが軋みを立て、船の巨大なエンジンがあちこちで始動しつつある。

「西アフリカだって？」

「それ以上は説明できない。いまのところ。あと一日か二日、指紋が一致する唯一の人間を見つけ出すまで。どういう経緯で、なぜそういうことになったのかがわかるまで。前回、彼に会ったときには、もう二度と会うことはないと信じていたんだが」

またしても長い沈黙。スヴェンが、考えごとをするときに決まってそうするように、髪をかきむしっている姿が目に浮かぶ。おそらくコンテナや遺体には背を向けているだろう——スヴェンは死を恐れていて、いつも法医学者のところへ行くのは勘弁してほしいと懇願し、最後の呼吸を終えた人間の身体以外の捜査のためなら喜んで出かけていく。親しい同僚については、そういうことが自然とわかってくる。個性。それを尊重すれば、自分も尊敬と忠誠を受けるだろう。

「わかった、エーヴェルト。どんなに問いただしても、どうせこれ以上は話さないだろ？だからチケットを予約して、パスポートとワクチン接種証明書を車で届けさせよう。次に会ったときには、くわしい答えを聞きたいものだ」

答え？

実際、グレーンスはそこまで深く考えていなかった。正しい答えを教えてくれるはずの人物に会いに行くつもりだった。だが、その答えが意に反していたら？なんらかの理由で、ホフマンが人身売買に関わっていたとしたら？だとしたら、調べることになるだけでなく、もう一度エンシェーデの家まで行って、二度と自分に会いたくない女性に、その不適切な答えを告げなければならない。

「俺の留守中に、スヴェン」

「なんだ？」

「頼みがある……」

グレーンスの声は尻すぼみになった。ソフィア・ホフマンの様子を見に行って、自分が訪ねたせいで必要以上に動揺していないかどうかを確かめてほしいと頼もうとした。だが、さらに別の警察官が訪ねていっても役には立たないだろう。むしろ、古傷をえぐるだけだ。「……ヘルマンソンに、あのコンテナを所有している会社を徹底的に調べるよう念を押しておいてくれないか？　彼女が無駄骨だと思おうがかまわない。それから、そのあいだにおまえには、あの地下道に住み着いている、いわゆる〝ガイド〟を捜索してもらいたい。どの穴に潜りこんでいようが、捜し出すんだ。なんらかの方法で、公共の建物の鍵をすべて手に入れたやつを。本来であれば、鍵は国防か救助隊しか持っていない。権力、威厳の象徴ともいうべきものだ。他の人間とは一線を画した存在でありつづけるために欠かせない。そして誰がその人物を雇ったのかは、本人しか知らない。誰が彼をマンホールの蓋まで連れていき、彼が誰のためにドアを開けたのか。死者を引きずりまわして処分したのが誰なのかは」

グレーンスの車が渋滞の列から抜け、高速道路の狭い路肩を走りはじめると、あちこちからクラクションが鳴った。数百メートル進んだところで、クラクションにうんざりした彼は、その朝、二度目となる青い回転灯を屋根に取りつけ、サイレンのスイッチを入れた。その昔、まだとても若かったころに、結婚するためにパリに飛んだことがあった。だが、いまはさらに南へ向かっている。聞いたこともない都市へ。どうしても知りたい答えを見つけるために。たとえ不本意な答えであろうと。

太陽は、ようやくディオリ・アマニ国際空港に沈むことにしたようだ。真っ赤に燃える灼熱の火の玉は、エールフランスの航空機とともに、みるみるうちに空に別れを告げた。砂。大草原。枯れ草。

エーヴェルト・グレーンスが窓ぎわの席からその光景をとらえると同時に、車輪が滑走路に当たった勢いで重い機体が跳ね、大きく揺れた。続いて車輪のゴムの外側をこすってふたたび跳ね上がった拍子に機首の向きが変わり、三度目に跳ねたのちに、ようやく安全に着陸できるコースを見つけ、これといった特徴のないターミナルビルを目指して進みはじめた。

ニジェールの首都に迎えられたあとも、警部はしばらく席を立たなかった。心を落ち着けるために、あえてゆっくりと息を吸っては吐き、吸っては吐くを繰りかえす呼吸は、スピーカーから各列に鳴り響く声と衝突した——客室乗務員が現地時間と気温を機械的に読み上げる。摂氏三十四度から三十五度のあいだ、夜間は二十七度まで下がる。

別世界。

アフリカ大陸の第一印象。

グレーンスは、次の一歩がどこへ向かうのかわからない状態も悪くないと思いはじめていた。これまでは恐れ、避けてきたことだ。あまりにも長いあいだ、型にはまった行動に依存しきっていた。いまでも、ある程度はそうかもしれない。心が壊れないようにするための、いわば支えだ。こうしたこと――わずか三十六時間後にカウンター越しに緊急ビザを受け取り、熱の壁に囲まれた見も知らぬ場所に足を踏み入れるとは露知らずに、ストックホルムで目を覚ますこと――があると、六〇年代の音楽や、警察本部のコーデュロイのソファーが恋しくなっていたのは、それほど昔の話ではない。

定年を間近に控えているとはいえ、いまだ道半ばだった。

「いっしょに乗りませんか？」

ターミナルビルの出口には、タクシーは一台しか停まっていなかった。エーヴェルト・グレーンスは、すでに助手席のドアを開け、きちんとしたスウェーデン語のアクセントで後部座席を勧める男性に目を向けた。年齢は五十五歳ほど、背丈はグレーンスと変わらないが、もっとスリムで、髪と同じ色の目をしている――こんな灰色の虹彩は見たことがなかった。

「アーランダからも、シャルル・ド・ゴールからも、あなたの斜め後ろの席でした。機内持ちこみの手荷物しかないのは、私たちだけみたいですね。ほかの人がスーツケースを待っているあいだに、ニアメのホテルにチェックインできますよ」

国際人（コスモポリタン）。

あらゆる点で、エーヴェルト・グレーンスとは正反対だ。見ればわかる。そのスリムな男性は、身のこなしも、話し方も、服装もそんな感じだった――過去にこの気候の地に旅したことのある者ならではの、薄手で明るい色のスーツ。グレーンスが着ている分厚くて汗まみれのダークスーツとは違う。

「それはありがたい。私の行き先は……」

グレーンスは上着の内ポケットからメモを引っ張り出した。

「……ホテル・ガウェエ。場所は、ええと、これは……ケネディ橋のそばのようだ。ニジェール川の。少なくとも、同僚のスヴェンによれば。だいたいにおいては優秀な男なんですがね。読める字を書くこと以外は」

「それなら同じだ。街で一番の部屋ですよ――私の定宿です」

車の中の気温は、外が涼しく感じられるほどだった。うだるような熱気が肌にまとわりつく。グレーンスが経験したことのない暑さだった。

「慣れているようですね」

助手席のコスモポリタンが振りかえり、グレーンスの汗でてかった真っ赤な顔を見た。

「意外かもしれませんが、二、三日もすれば身体が順応しますよ」

「そのころには帰国している。用事は二十四時間で片づきますから」

タクシーは発車したが、スピードは出なかった。車自体も、この熱に奪われずに残ったエネルギーを節約しようとしているかのように。あるいは、運転手が空港から首都の中心部までの九キロを引き延ばそうとしているかのように。

「お仕事ですか？」

運転手が英語で話しかけてきた。肩幅が広く、力強い手をした男だったが、乗客に対しては穏やかで丁寧（ていねい）な態度で接しつつ、ニアメ南東部の郊外を走る。標識によると、国道（ルート・ナショナル）一号線を進んでいた。運転手は質問してから、やはり穏やかな笑みを浮かべ、助手席のコスモポリタンと後部座席のエーヴェルト・グレーンスを交互に見やり、会話が続くのを待った。

「仕事だ」

どちらも英語で同時に答え、今度はふたりがほほ笑んだ。互いに顔を見あわせて。コスモポリタンが手を差し出す。

「トール・ディクソンと申します。外務省の職員です。私の仕事は、国連代表と慈善援助組織、現地の政府代表間の会議を設定することです。われわれスウェーデンが、この地で最も効果的な援助を行なう方法を話しあうために」

「エーヴェルト・グレーンス、ストックホルム市警の警部です。大量殺人の捜査で来ました。コンテナで窒息死した難民の事件で」

どちらの顔からも笑みが消えていた。

政府代表は、あくまで優雅に眉をひそめた。円熟味を感じさせて。長い人生経験を積んだ者が持つ知恵だ。グレーンス自身のしわは優雅とはほど遠く、たいていの場合、くたびれた老人のように見える原因だった。

だが、いまのふたりは同じ表情を浮かべている。

怒りと悲しみ。

政府代表の声にも同じ感情がにじみ出ていた。

「アーランダで搭乗する前に、新聞の見出しで見ました。ですが正直なところ、どう考えていいのかわからなかった。ということは、事実なんですね？　そして証拠を追って……ここまで？」

た。グレンスも各紙の掲げた大きな見出しを見たが、ほとんど内容のない記事ばかりだっ
た。一部ずつ買い、不鮮明な夜のヴァータハムネン港の写真にざっと目を通した。どれも
遠くから撮影して何倍にも拡大したもので、難民は化学薬品で殺されたという警察関係者
の言葉が太字で引用されていた。
「数は正確だ、少なくとも」
「数？」
「七十三名が息を吸おうとして力尽きた」
道路の両側にはイスラム教の寺院や尖塔が夕陽にきらめき、ところどころで人々が寄り
集まって立ち話をしている。どうやら彼らは、グレンスとは違って時間を持て余してい
るようだ。
「閉じこめられた難民。それがビジネスにもなっているんです、警部さん。彼らの旅は通
常、ここから始まる――いま、あなたがいるのは、まさに最大の難民増加地域のひとつな
のです」
政府代表は完全に振りかえり、真剣な灰色の目を向けた。
「このビジネスで、何千億ドルもの金が動いています――貧しい人々を豊かな国に密入国
させて。よりよい生活を夢見る人々を。いわば新手の観光事業だ。〝誰でもチャンスをつ

かめる地へ行こう〟と勧誘しているんですから」

ニアメに近づくにつれ、だんだんと建物が密集し、交通量や歩行者の数も増えてきた。夕闇のなか、頭に袋をのせて運ぶ女性の列、あふれんばかりに荷物を積んだ手押し車を押す若い男、男性用の大きな自転車に乗った少女、エンジンをかけたまま山積みの箱の陰に路上駐車されたトラック、ときおり強引に割りこんでくる車。それでもタクシーの運転手は落ち着いて車を走らせ、ブレーキを踏むことも、窓を開けて怒鳴ることもしなかった。

「この数ヵ月だけで、五万人以上の難民がアガデスを通過しています。ここよりも内陸にある町で、砂漠の入口です。そこから地中海、そしてヨーロッパへと向かう。砂丘や岩だらけの土地を四日間かけてリビアまで行くんです。千六百キロの旅です。彼らはテロリストの攻撃やイスラム過激派から逃げていますが、最大の敵は飢餓だ。ニジェールはアフリカで最も貧しい国です。国民の三人にひとりは飢えている。〝ハンガー・シーズン〟と呼ばれる期間まであって、それが八月まで続くんです。多くの場所では、食べるものといえば干からびた木の葉や野生のキイチゴくらいしかありません」

でこぼこのアスファルトが砂利道になったが、依然として往来は多く、やがて首都の中心部に近づくと、ふたたびアスファルトの道路に戻った。グレーンスは、前方に見えてきた茶色っぽい水が、スヴェンの判読不能のメモにある川で、いま渡っているのがジョン・

F・ケネディにちなんで名づけられた橋だろうと見当をつけた。
「ホテル・ガウェエに着きました」
タクシー運転手が、橋のたもとの川岸に突き出すように建っている建物を指さした。こ
こ一帯では数少ない高層ビル。西洋の都市にあればとくに目を引くこともない、横に広が
った複合施設だが、この街では、とにかくよく目立つ存在だった。やたらと派手。場違い。
ほどなく宿泊客となる、やはり場違いのグレーンスと同じように。
「私が払おう」
エーヴェルト・グレーンスは、空港のターミナルビルから出る途中で手早く両替した札
束から美しい紙幣を一枚抜き出した――ボリュームのあるヘッドドレスをつけた女性が、
魚に囲まれた豪華な柄のボートに重ね合わされた図案。鮮やかな色彩。日ごろ使い慣れて
いる札よりもごわごわしている。
「いいえ、お客さん、多すぎます」
グレーンスが札を差し出すと、運転手は首を振った。五千CFAフラン、約七十クロー
ナ。
「取っておいてくれ。あんたの運転技術には脱帽した」
美しい札は持ち主が変わり、グレーンスが財布を上着の内ポケットにしまいかけたとき、

スウェーデンの役人が何かを差し出した。

「私の電話番号です。ホテルや街中でコーヒーが飲みたくなったら、いつでも連絡ください。会議の合間に時間を作りますよ」

名刺。上部に三つの黄金の王冠を配した青い盾(たて)と、やや大きな〝外務省〟の文字。その下に名前と連絡先が記されている。

エーヴェルト・グレーンスは、その名刺を財布に入れた。

「ありがたいが、ここにはコーヒーを飲みに来たわけじゃない」

政府の役人は礼儀正しくうなずいて、ホテルの入口へ向かった。運転手が急いで後ろにまわり、グレーンスのためにドアを開ける。車を降りると、別れの挨拶(あいさつ)を求めて手が差し出された。こちらが恐縮するほどチップに感謝していた。

「フレデリックといいます」

「エーヴェルトだ」

「難しいですね。エイェルトさん？」

グレーンスはにっこりして首を振った。

「エッヴィーテルトさん？」

今度は軽くうなずいてみせる。

「上出来だ、フレデリック。アメリカ人はもっと苦労してた。しまいには〝ジェリー〟と呼ばれるようになったよ」

「ジェリーさん？」

「そうだ」

フレデリックはようやくエーヴェルト・グレーンスの手を放し、後ろのドアを閉めた。

「ではジェリーさん、タクシーが必要になったら、この番号にかけてください」

先ほどのものにくらべると、やや簡素な名刺で、ナプキンに鉛筆で電話番号が記されていた。グレーンスはもう一枚の名刺とともに財布にしまい――気さくな運転手を政府の役人と分け隔てしてはいけない気がした――場違いなホテルへと歩き出した。

風が吹いていた。

容赦ない熱気が押し寄せる――扉の開いたオーブンの前を通っているようだ。おまけに熱い砂が巻き上げられ、目や口に入りこんできた。

ホテル・ガウェエに足を踏み入れると、巨大なロビーに迎えられた。見たことのないほどの広さだった。きらめく赤いカーペットに、隅に押しやられたような壁ぎわの革張りの椅子。彼はがらんとした体育館を歩いている気分で、突き当たりのフロントへ向かった。

「いらっしゃいませ（ウェルカム）」

フランス語訛りの英語。フロント係の女性はチェックインの手続きを行ない、プラスチックのカードキーを渡したが、グレーンスがエレベーターに向かいかけたところで呼び止めた。

「グレーンス様」

振り向くと、彼女は封筒を差し出していた。

「こちらをお持ちください。送り主のご依頼どおり、写真用紙に印刷しました」

エーヴェルト・グレーンスは人差し指で慎重に封を開け、中身をのぞいた。完璧だ。スヴェンはきっちりと役割をこなした。

ホテルの小さな売店は、フロントと同じく、強力なエアコンで振動していた。見えないところにある送風機が音を立て、額の汗を乾かす。グレーンスは広い通路の片側の棚から歯ブラシと歯磨き粉、制汗剤を、反対側のガラス棚から白いシャツ、下着、靴下を取った。エレベーターで五階に上がると、ツインルームほどの広さの部屋は、壁紙も絨毯も花もロビーと同じ赤で統一されていた。ともすれば刺激的な配色だった。あたかも彼に用意されたかのように。だが、すでに心は赤く染まっている。難燃剤に包まれて見つかった人々に死を取り戻すまで、激しく燃え上がり、けっして安らぎを与えてはくれない炎で。

グレーンスは愛用のコーデュロイのソファーと同じくらいやわらかなベッドに腰を下ろ

し、ニジェール川にきらめくホテルの明かりを見つめた。花瓶の花と美しい眺め——枯れ葉で飢えをしのぐ人々を覆い隠す、現実の中の新たな非現実。

「もしもし」

グレーンスはベッドに座ったまま、ほとんど無意識のうちに電話をかけていた。ホテルの部屋でしか感じることのない寂しさのせいかもしれない。あるいは、胸の炎のせいか。どちらでもかまわなかった——とにかく、マリアナ・ヘルマンソンの声は耳に心地よかった。

「警部？　スヴェンから聞きました……もしもし？」

「ああ。ある年は南米、かと思えば次の年は西アフリカ。犯罪の世界は狭まると同時に広がってるよ、ヘルマンソン」

電話をかけたのは彼のほうだった。だから彼女は話の続きを待った。そして、相手に続けるつもりがないと気づいてから口を開いた。

「信頼できる情報を入手しました」

グレーンスは彼女の落ち着いた声に耳をかたむけた。移民の多いローセンゴードで独自の方言になった、スコーネ地方のアクセント。彼女はそこで無数の民族に囲まれて育った。とりわけその南部のしゃべり方をグレーンスは以前から気に入っていたが、この非現実的な現実のなかで、無性に彼女の声が聞きたかった。

「ガイドについて。それから、その男が住んでいる場所についても。すでに地下道の捜索を開始してます。犬を使って。見つけるのは時間の問題でしょう。そうしたら尋問して、誰に雇われたのか、誰が彼の案内で遺体を捨てたのかを聞き出します」

だが、胸の炎は消えなかった。

むしろ、ますます激しく燃える一方だ。

エーヴェルト・グレーンスはやわらかなマットレスから立ち上がると、大事な会議にでも行くかのように、急ぎ足で部屋を出た。炎は手がつけられなかった。エレベーターから飛び出さんばかりに体育館のようなロビーに出て、あいかわらず人の気配がないことを確かめる。そこでは、革張りの椅子に座ってコーヒーを注文することができた。グレーンスは中央に近く、フロントがよく見える位置を選んだ。ソフィアの話では、夫は定期的な休暇でスウェーデンに帰国する前に、夜遅く街に着き、滞在中は毎回、民間警備会社の同僚とともにこのホテルに泊まるという。

ふたりの道がふたたび交わる。その場所は、ここでなければならない——ストックホルムではなく。

最初は、面と向かって会ったわけではなかった。重警備刑務所での人質事件の真っ最中に、電話で、無意味な会話をほんの少し交わしただけだった。

〝あと三分で殺す〟

〝なにが望みだ？〟

〝あと三分で殺す〟

〝もう一度聞く……なにが望みなんだ？〟

〝俺は、殺す〟

二度目はボゴタで、やはりきわめて特殊な状況下で顔を合わせた。だが、もはや互いに向かって一直線に突き進む二本の急行列車ではなかった。ホフマンはグレーンスの助けを必要とし、ふたりは敵としてではなく、ともに力を合わせて戦った。

今度はまったく逆だ。

今度はニアメで、二度と会わないと約束したにもかかわらず、グレーンスがホフマンを捜している。グレーンスが答えを求めている。そして得た答えが正しければ、エーヴェルト・グレーンスがピート・ホフマンの助けを必要とするだろう。

テーブルには、空（から）の白い磁器のカップが三つ並んでいた。

警部がちょうど四杯目のコーヒー——心地よい苦みと濃厚なコクが特徴のリベリカ種——を注文したとき、西側の入口から誰かが入ってくるのに気づいた。彼だ。ピート・ホフマン。一年ぶりの。頭に入れたトカゲのタトゥーの上に伸ばした髪は、首に這（は）う尻尾（しっぽ）も隠れるほどだった。そのうえ、やわらかなあごひげまで生やしていた。ところ変われば容貌も変わる。しかし身のこなしは、誰しもそう簡単には変えられない。監視カメラの映像を分析するうちに、グレーンスは個人に特有の動きを識別できるようになった。そしていま、ホフマンは、部屋に入る際にかならず見せる動作を行なっていた——つねに危険に備え、いつでも動けるように構えながら隅々（すみずみ）まで目を配る。ふいに視線が止まるまで。革張りの肘（ひじ）かけ椅子でコーヒーを飲んでいる年配の男を見て。もう一度、その光景を理解しようとして、ピート・ホフマンは無意識に頭を振り動かした。だが、結果は同じだった。革張りの椅子に座っているのは、ここにいるべきではない男だ。

「いったい全体……」

そして、だだっ広いロビーを早足で突っ切る。

「……どうしてここに？」

「久しぶりだな、ホフマン」

「エーヴェルト・グレーンスさん——西アフリカに？」

「そうだ、休暇で」

「休暇……？」

「燦々と陽が降り注ぐコロンビアで過ごしたように。おまえが行き着くような場所で」

ホフマンはグレーンスの向かいの肘かけ椅子をあごで示した。

「いいですか？」

グレーンスはうなずいた。

「おまえを待っていた」

外見こそ変わっていたが、服装は前回とほぼ同じだった。ただし色合いは、もっとこの大陸にふさわしい。茶色のブーツ、ベージュのジーンズ、ポケットがたくさんついた砂色のベスト。その下には、すっかり日焼けした肌に白く際立って見えるTシャツ。前回は疲れた様子で、年齢よりも老けて見えたが、いまは若々しい。

「で、グレーンスさん、その……休暇というのは？　日光浴はいつ終わるんですか？」

警部はフロントデスクの上の壁に掛かっている金色の時計に目を向けた。

「十三時間後。運がよければ。それで帰国する」

「その前に睡眠をとる予定は？」

「とくに」

フロントの反対側の一角に小さなバーがあった。グレーンスはそれまで気づかなかったが、ホフマンはその中に姿を消し、すぐになみなみのグラスを両手に持って戻ってきた。

「覚えてますよ、あなたはコーヒーのほうが好きだと。ブラックが。アルコールはあまり飲まないことも。でも今回は、こっちのほうがいいと思ったんです。バントゥー・ビールです。飲みやすいですよ」

「バントゥー・ビール？」

「小麦や大麦、ライ麦の代わりに雑穀で作るんです。グルテンフリーです、念のため」

ホフマンがグラスを持って、ごくごく飲むのを見て、グレーンスも勇気を出して飲んだ。何かが違う。

まずくはない。意外な味でもない。

だが、何かが違った。

「コロンビアでは、サトウキビのジュースを勧めたら、あなたはやみつきになった。今度はグルテンフリーのビールの中毒になってもらいます」

「かつて、俺はおまえを殺すために手を尽くした……だから、おまえにも同じことをする権利がある、ホフマン」

そして、ふたりとも黙りこんだ。ビールを口に含み、胃に流しこみ、待った。ホフマンの自宅の玄関で、話そうとも顔を上げようともしないソフィアを前に感じた、あの不安をあおる気まずい沈黙。

しまいには、ビールグラスを見つめることにも、互いに目をそらすことにも耐えられなくなった。

休暇とビールで軽口をたたいて、本題に入るのを避けるのは、これ以上無理だった。

ピート・ホフマンは感じた。炎を。

「わかりました」

大柄な年配の男の胸に燃えている炎、隠しきれない怒り。

「どうしてここに、グレーンスさん？」

警部は答えなかった。

言葉では。

激しい怒りが妨げになっていた。信じると決めた相手が目の前にいるのに、この期に及んで自分が正しいと確信できずにいる。

やむをえず、口を開く代わりに、チェックインの際に受け取った封筒を取り出した。スヴェンに送らせたものだ。封筒の口を開け、中身の一部をテーブルに出し、中に何枚か残っていることを確認する――それはまだ使う必要はない。もしかすると永遠に。

「さっぱりわかりません――これはなんなんですか、グレーンスさん？」

四枚の写真。すべてカラーだが、通常は白黒で目にするものだ。写真はふたりのあいだの、空のコーヒーカップと、ほとんど空のビールグラスの横に落ちた。最後の一枚は逆さまで、警部は身を乗り出して向きを直した。

「これだ」

彼は写真を指さしたが、次の瞬間には後悔した。

「彼らだ」

今度はホフマンが身を乗り出した。よく見ようとして。

「なんなんですか、グレーンスさん？」

ありえないものを目にしているからだった。

「いいなんですか、いい、グレーンスさん？」

彼の考えているとおりだとしたら、戦争だからだ。スウェーデン人の警部が、それにどう関わっているというのか？　戦争だけが、このような光景を生み出すからだ。遺体。ずらりと並んだ。六十、いや、七十。

「数えようとしているのか？　六十八だ。それから、ホフマン、その服の山は別の五人のものだ」

港。それは確かだった。おそらくストックホルムのヴァータハムネン港だろう。空の貨物コンテナが積み重ねられている。遺体はその前に並んでいた。

「ゆうべ。あるいは、今日の早朝と言ったほうがいいかもしれない。われわれが発見した。この中で」

エーヴェルト・グレーンスは次の写真を彼の前に突き出した。コーヒーカップに引っかかっていた一枚だ。側面を切り取って穴を開けたコンテナの写真。注意深く見れば――ホフマンのように――コンテナの中から見つめかえす目に気づくだろう。

「まだわかりません、グレーンスさん。これがなんなのかも、なぜあなたがここで、これを俺に見せているのかも」

「すぐにわかる。残りの写真を見れば」

警部はテーブルの中央にスペースを空けた。左側には、切り裂かれた上着の肩の生地をアップで撮った写真。右側には、衛星電話のアップの写真。グレーンスはホフマンの顔をじっと見つめ、写真を目にしたときの表情や反応を読み取ろうとした。

だが、無反応だった。

元潜入捜査員は、外面的にも内面的にも動じていないのか。

もしくは、かつての人生において生き延びるために毎日そうしていたように、巧みに演技をしているのか。それこそ、ホフマンがあらゆる潜入捜査の手法のよりどころとしていた信念だった。〝犯罪者を演じられるのは、犯罪者だけだ〟

「その電話は、七十三人の難民のひとりのものだった上着に縫(ぬ)いこまれていた。彼らはスウェーデンへ運ばれるあいだに、全員がコンテナの中で窒息死(ちっそくし)した。電話からふたつの指紋が検出され、二名の該当者を突き止めた。一方は、その難民のものと一致した。もう一方は、おまえの指紋だ、ホフマン」

ようやく。

ようやく反応があった。

ふりをしていない人間の。

ピート・ホフマンの表情が、冷静から曖昧(あいまい)、困惑、苦悩へと変化する。これらの写真が何を示しているのか、やっと理解した。ふたつの指紋が何を意味するのか。そのうえで、写真の電話の出どころに自分が関わっていることを隠そうとはしなかった。

「難民？」

「そうだ」

「上着を着た。電話を持っていた」

「そうだ」

「どんな特徴がありました？　出身は？」

「西アフリカ、法医学者によれば」

「年齢は？」

「不明だが、法医学者は三十前後と推定している」

「女性もいませんでしたか？　同じくらいの年で、同じ地域の出の」

「女性は少なかった。不法入国者のなかに女性がいることはほとんどない。だが、おまえの言うとおりだ——彼といっしょにいたと思われる女性が、ひとりいた」

ピート・ホフマンの顔つきは変わらなかった。苦悩の表情は凍りつき、ついさっきまで若々しかった顔は、グレーンスと同じくらい年老いて見えた。

「だとしたら……それは俺の指紋です。数週間前まで俺の電話だったから」

ホフマンは立ち上がると、人けのないロビーを行ったり来たりしはじめた。深く思い悩んだ様子で。そして一瞬、足を止めたかと思うと、ふたたび歩き出した。

「もう一杯、欲しくなりました。グレーンスさんもどうですか？」

ホフマンがビールグラスをあごで指すと、グレーンスはうなずいた。彼が戻ってきたときには、一方のグラスはすでに半分空いていた。

「ここで俺が何をしているか、ご存じですか？」

「奥さんがしぶしぶ話してくれた。国連の委託を受けた民間警備会社。輸送の警備。合法的な仕事。知ってるのはそんなところだ」

ホフマンが自制心を保つために酒の力を借りるタイプだとは思いもよらなかった。自分を見つめる勇気に欠けているようには見えない。だが、目の前の彼は、残りのビールもひと息に飲み干した。

「一部の地域では、国連には自衛の権限がありません。撃たれても撃ちかえすことができない。そのせいで、南アフリカの警備会社と契約する以前は、おとなしく座って撃たれるままで、輸送は毎回失敗に終わってました。あの青いヘルメットのでくの坊たちは、手をこまねいてるばかりで……」

ホフマンは肩をすくめ、大げさに腕を広げてみせた。

「……食糧は目的地に届けられなかった。でも、俺たちが警備についたことで、米ひと粒も届けられない状態から、すべての食糧を到着させられるまでになったんです。全員が軍隊か警察の出身です。銃の扱いも、まったく問題ない。輸送を成功させている」

グレーンスはバントゥー・ビールに手をつけていなかった。だから、ホフマンがグラスをつかんで飲んでも異を唱えなかった。

「空腹に耐えかねて、食糧を積んだトラックを襲撃するというなら理解できます。実際、そういうケースもある。食糧を奪って転売して、金にするやつらの気持ちもわかります。あなたは俺の過去を知ってるはずだ——俺がどうやって金を稼いでたのか。だが、食糧を破壊するためだけに襲撃するというのは理解できない。ただ難民の数を増やすためだけに。食糧危機が悪化すれば、それだけ逃げたいと思う人が増える。難民が増えれば、それだけ下劣な密航業者に金が入る」

ホフマンは前に出た。

「そしてこれは、この写真は、意外かもしれませんが、俺の仕事とあなたの問いを結びつけている」

彼は四枚の写真を一枚ずつ裏返し、何も写っていない白い裏側しか見えなくなった。

「というのも、今朝(けさ)、われわれの輸送隊が襲撃されて、俺は自分の身を守るために犯人のひとりを殺すはめになったんです。覚えてますか、グレーンスさん——〝おまえか、俺か。俺は、おまえよりも自分自身のほうが好きだ。だから、自分自身を選ぶ〟。その男には見覚えがあった。密航業者です。前に会ったことがある。ある人に仕事を頼まれた際に」

エーヴェルト・グレーンスは、再度写真をひっくりかえして、ホフマンがすべてを話すまで、そのままにしておこうかと考えた。だが、その必要はなかった。向かいに腰を下ろした男の脳裏には、別の光景が次々とよみがえっていた。地中海に面したリビアの港町ズワーラの光景。警備会社の人間が任務の合間に立ち寄る場所だが、それと同時に、リビア・ルートの起点、すなわち密航業者が難民をヨーロッパへ渡航させる港でもあった。その町にいた際に、ピート・ホフマンはホテルを出て、密航組織に残金を支払う難民のカップルに付き添うよう頼まれた。ひとりにつき四千五百ドル。彼らにとっては信じられない金額だ。二年間にわたる昼夜の労働。ニジェールでトラックの荷台に乗り、四日間かけてサハラ砂漠を横断し、その後、第二、第三、第四の区間を旅するための料金。

「この地域で働くようになって、一年近くになります。食糧を破壊して利益を上げようとする密航業者の襲撃を阻止する仕事です。そんなとき、急に支払いに付き添うことになったんです。若い難民のカップルは、満員の漁船で地中海を渡って、イタリアの国境、EUの国境を越えるために金を支払おうとしていた。満員のトラックでイタリアからポーランドへ移動するために。そして、ポーランドからコンテナに詰めこまれてスウェーデンへ向かう。とんでもない話だと思いました。実際、とんでもなかった。彼らの姿を見たら、グレーンスさん、あまりにもか弱くて、だから……ふたりに言いました。約束はしたけれど、付き添えないと。でも、彼らは言ったんです。俺の協力のあるなしにかかわらず行くと。そう言いきったときのふたりは、もうか弱くは見えなかった。堂々として力強く、希望に満ちていた。その姿に心を動かされたんです、グレーンスさん。それで頼まれたとおりにしました。彼らが二名の業者に汚い封筒に入った全財産を渡すのを見守って、旅の安全が保証されていることを確かめた」

ピート・ホフマンは裏返しの写真をじっと見つめていた。とつぜん、頭だけでなく心で自分の言葉の意味を理解したかのように。いま話題にしている人たちが、どんな最期を迎えたのか。

「すべてが終わるまで……彼らが金を支払うまで。それから別れの挨拶をして」

そして、ホフマンは写真を一枚手に取った。

「俺の衛星電話を渡しました」

アスファルトに並べられた遺体が写っていた。

「念のために。何かあったときに備えて」

あたかも写真の中に、ストックホルムのヴァータハムネン港に飛びこんで、自分が言葉を交わしたふたりを見つけ、手を差し伸べて助け、少なからず加担するはめになった旅について警告したがっているかのようだった。

「その場で、二名の業者はふたりの金を平然と受け取りました。どちらも北アフリカ人、おそらくリビア人です。そのうちの一方が今朝、死んだ。顔に見覚えがありました。俺と同類です。俺のような男が持つ傷跡があった。指は全部そろっていたけれど、耳が半分欠けていた。しかも、警備係だった。万事順調に運ぶように見張ってたんです。俺たちみたいな人間は、とくに注目するべき点はない——あくまで他人のためにその場にいるだけだ。

それに対して、もうひとりの男は……興味をかきたてられた。見るからにリーダータイプで、場を仕切る力があった。英語も驚くほど上手で、訛りは強くても流暢に話した。礼儀をわきまえていると同時に危険極まりない。東欧のマフィアに潜入した際に、ひそかに調べていた元KGBにそっくりでした。ベルリンの壁が崩壊してからは、新たな任務に就かざるをえなかったスパイたちに。あの男も、ひょっとしたらそのひとりかもしれない。体制が崩壊すると、彼らは危険な存在となります——頭が切れるうえに、太いパイプを持っている。カダフィ政権で尋問官を務めていてもおかしくない。まさに適役です。もはや命を捧げる神はいない。だから金のために戦う、そういったタイプの男です。俺にはよくわかる。彼はあの難民の旅の取りまとめ役だった。ズワーラで始まって、フランクフルトやボロース郊外の難民キャンプで終わる旅の。あるいは、その写真のように、動かなくなって地面に積み重なって終わる旅の。すでに金を払い、もはや用済みになったものとして」

ホフマンは手の中で写真をくしゃくしゃに丸めてから、グレーンスを見て自分のしていることに気づき、あわてて伸ばそうとした。

「かまわない、ホフマン。その写真はもう用なしだ」

ふたたび気まずい沈黙が流れる。かつての犯罪者の話を警部が信じたのは明らかだった。

「誰なんだ？」

信じたからこそ、わかりきった質問をしなければならなかった。

ホフマンは黙ったままだった。

「ここには警察官として来た。大量殺人の捜査で。進むべき道を探し当てるために、あらゆる手を尽くす必要がある。彼らの命を奪い、死をも奪ったやつがスウェーデンにいて、いまそいつの名前を調べている。そして、おそらくその解決の鍵を握る人物の顔を知っているのは、おまえだけだ」

「言えません」

「なぜだ？」

「とにかく言えません。ただ、これだけははっきりさせておきます、グレーンスさん。この写真を見て、俺は関わったことを後悔している。直感を無視して彼らの手助けをしてしまったことを。善を悪と結びつけることはできません。そんなことをしても、うまくいかない」

「何を言ってるんだ？」

「善意が邪悪な行為に向けられた瞬間、悲惨な結果へと向かいます。俺にこれを、彼らの手助けを頼んだ人物は、かつての俺と同じだ。あなたたちの命令で、ある組織に潜入するたびに、俺は自分が正しいことをしていると信じてた。重要な件で警察に協力していると思ってた。悪事を暴くつもりだった。でも、潜入を重ねるごとに事態は悪くなる一方だった。自分にとって、俺たちに、家族にとって」

「まだ理解できない」

「これ以上は言えません」

ロビーにいるのは、もうふたりだけではなかった。アクセントからアメリカ人とわかる年配の夫婦が、背後の革張りの肘かけ椅子に腰を下ろした。エーヴェルト・グレーンスは身を乗り出してささやいた。

「誰をかばってるんだ、ホフマン？」

「もう一杯、いかがですか？」

「誰だ？　その写真の何十という人を見ろ。それでもおまえは――おまえは答えないつもりか？」

「もっとひどい光景も見てきました。一度、輸送に同行してください。休暇が終わったら、二週間後に案内しますよ。飢えや暴力で命を落とす人が、至るところにいます。この国全体が、ひとつの大きな墓地なんです」

「俺があきらめると思うのか？　誰をかばってるんだ――なぜ？」

年配の夫婦が、ふたりの注意を引こうとしてグラスを掲げた。見知らぬ相手とおしゃべりを楽しみたいのだ。グレーンスは愛想よくうなずくと、ホフマンに向き直り、かまわないでほしいことを無言で伝えた。

「話せるならとっくに話してます、グレーンスさん。自分からあの難民のカップルを助けようとしたのなら。でもそうじゃない。くわしく状況を話せば、俺を説得した人物の正体を明かさざるをえません。でも、その人を危険にさらすわけにはいかないんです——もう二度と。密航業者は侮りがたい相手ですから」

「つまり、おまえの話を裏づける人物の名前を言うよりも、大量殺人の容疑者になるというのか？」

「助けてほしいと頼まれたんです。その危険は覚悟のうえだった。それだけです」

今度の沈黙は、気まずいものではなかった。ふたりは革張りの椅子に座ったまま、無言でにらみあっていた。偶然にも、互いの道がふたたび交わったふたりの男。どちらも明日の飛行機で、何百マイルも北へ、わが家へ帰るのを待ち焦がれている。難民の旅の出発点から終着点まで。

にらみあいながら。

その間に、エーヴェルト・グレーンスは相手の頑な態度について考えた。

そして突如、理解した。

〝その人を危険にさらすわけにはいかないんです――もう二度と〟

「ソフィア」

簡単なことだった。

「ソフィア。おまえに難民のカップルの付き添いを頼んだのは彼女だろう」

ピート・ホフマンは十年以上、潜入捜査員として活動し、最初はスウェーデンの警察、次はアメリカの警察の命を受け、暴力的かつきわめて危険な組織の実態を暴いてきた。彼の存在そのもの、生き延びるための必須条件は、いかにうまく仮面をかぶれるかにかかっていた。つねに自分以外の人間になり、つねに巧みに嘘をつく。

だが、いまは関係ない。

エーヴェルト・グレーンスは、自分の推測が正しいことに気づいていた。

密航業者とつながっているのは、ソフィア・ホフマンだ。

「話してくれ、ホフマン、頼む」

となりでアメリカ人夫婦が笑い声をあげ、乾杯する。完全にふたりの世界に入りこんでいるスウェーデン人よりも、ずっと愉快な他の宿泊客と交流を図ることに成功したのだ。

ピート・ホフマンは彼らを見た。海外を旅するのは、こんなにも簡単なことなのか。彼とソフィアと息子たちにとって、税関で偽のパスポートを示すのは、逃亡する、なんとかして生き延びることと同じだった。南アフリカの民間警備会社との契約期間である二年が終わったあとは、何もかも安全なストックホルムとエンシェーデの自宅に滞在するつもりでいる。自分たちに必要な冒険は、それだけだ。

「ホフマン、いいかげんにしてくれ。俺だって、ソフィアが密航と大量殺人の黒幕だとは思ってない。彼女を巻きこみたくないのはわかる。だが、どうしてもおまえの考えを聞かないといけない。そして、ソフィアが知ってることについても、本人と話す必要がある。おまえの潔白を証明して、真犯人を突き止めるためだ。それが済んで、おまえの事情聴取を終えたら、捜査の記録はゴミ箱行きだ。誰の目にも触れることはない」

「同じ言葉を前にも聞きました」

「俺の口からじゃない――俺が捜査でいわゆる〝余材〟を扱う際には、けっして公になることはない。よく聞け。ソフィアをこの捜査に関わらせるつもりはない。彼女の身には何も起きない。子どもたちにもだ。約束する」

〝つねに、ひとりきり〟

ピート・ホフマンは息を吸い、吐いた。

〝自分だけを信じろ〟

そうやって生きてきた。生き延びてきた。だが、目の前に座っている警部と関わったときに、その信念は変わった。他人を信用していなくても、みずからの意思で信じると決めることは可能だと気づいた。コロンビアでは、グレーンスを信じることにした。そしていま、またしてもその信念が変わった。いまは、彼を信じるほかはない。エーヴェルト・グレーンスが自分の家族に力を貸してくれると信じるほかは。今回の件でのソフィアの役割――彼女が関わっていること――を認めれば、その瞬間から家族を危険にさらすことになるのはわかっていた。

「ソフィア」

となりの席の客がどれだけ大声で笑い、乾杯していようと、ホフマンはあいかわらず声をひそめていた。

「彼女に行ってくれと頼まれたんです。理由はわかりません。俺にはどうでもよかった。本人に訊いてください。でも、あの難民のカップルと、俺の電話と、俺がここにいることは、彼女の仕事に関係があるんです。息子たちの学校で、彼女は親と離ればなれになった難民の子どもたちにフランス語で授業をしてます。その生徒のひとりのためだった。俺が手助けしたニジェール人のカップルと同じ方法でスウェーデンにたどり着いた子どもなんです。騙されたり金を奪われたりしないように、俺が手を貸したカップルです」

グレーンスがテーブルに四枚の写真を並べてから、はじめてピート・ホフマンはリラックスしている様子を見せた。椅子の背にもたれ、表情はやや和らいで、それほど老けては見えなかった。

事のいきさつを話せば解放されると考えているようだった。

まだ気づいていないのだ。

「俺にはもうひとつ、やるべきことがある。おまえを容疑者のリストからはずせば、それを始められる」

「はずせば？」

「はずせば」

エーヴェルト・グレーンスは声量を上げた。となりのグループは席を立ち、フロントデスクの後方のバーへ向かった。

「おまえは密航業者に会っている。まったく安全ではない旅を安全だと保証したやつらに。そしてリーダー風の男の顔を見た。そこでだ、俺のためにひと肌脱いでほしい」

「どういうことですか、グレーンスさん？」

「その男について調べてほしい。若いカップルが金を支払った組織に潜入するんだ。スウェーデン側の窓口となっている人物の名前を突き止める。何者かが、ストックホルムのコンテナの中で窒息死した人々から利益を得ている。その名前を突き止めてくれ、ホフマン。かつて俺は、おまえのためにコロンビアまで行った。その際に、どうやって恩を返せばいいのか訊いただろう。いずれわかる、と俺は答えた。それがいまだ。組織に潜入し、うまく取り入って、そいつの名前を探り当ててほしい。そうすれば、おまえは借りを返せる。あとはいまの仕事に戻ろうがどうしようが自由だ」

ピート・ホフマンは武器を持っている。彼がロビーに入ってくるなり、エーヴェルト・グレーンスはジャケットの下の銃とナイフのホルスターの膨らみに気づいた。彼の標準装備。だが、ホフマンの目に、かつて暴力の前兆だった怒りが燃えていても、グレーンスは動じなかった。

もはやふたりは敵どうしではない。何があろうと。

「嫌です」

「あの人でなしを捕まえたいんだ」

「たとえあなたのためでも、嫌です、グレーンスさん」

「スウェーデンで窓口になっている人物を捕まえたい。それが俺の仕事だ。ここで暴利を貪ってる連中は知ったことではない。それはほかのやつの責任だ。だが、俺の縄張りを荒らして、集団墓地を残していくような輩を放っておくわけにはいかない」

「もう一度言わせてもらいます──嫌です」

「嫌？」

「スウェーデンの警察に、二度と協力するつもりはありません。ほかのどの国の警察にも。二度と」

「前回とは違う。組織の全貌を暴く必要はない」

「もう忘れたんですか、グレーンスさん？」

「今回は、スウェーデンにいる人物の名前の手がかりをつかむだけでいい」

「もし覚えてたら、これが思いどおりにいかないことも覚えてるはずです。違いますか、警部？」

ピート・ホフマンは革の肘かけを勢いよく押して立ち上がった。

「二週間の休暇に入ったばかりなんです。その次の休暇は三カ月後。そういう契約になっています──年に四度の帰国。あなたと同じ便のチケットが手元にあって、もうじき家族に会いに行く。だから明日はとなりに座って、ラップに包まれた機内食を食べている予定です。あなたが言ったんですよ、グレーンスさん。彼らを捕まえるのは俺じゃなくて、あなたの仕事だ。じゃあ、失礼します」

人けのないロビーを突っ切ってフロントデスクに行き、それからエレベーターホールへと向かうあいだ、彼は一度も振り向かなかった。グレンスの怒りに満ちた視線が突き刺さっているにもかかわらず。

さよならは、単なる別れの言葉にすぎないこともある。

ホテルの部屋というのは奇妙な場所だ。四方の壁が、ベッド――毎晩、服を脱いで眠りにつき、夢の中で想像の人生と出合う、総じて最もプライベートな空間――の番を黙々とこなしているが、このベッドは昨日は見知らぬ者を迎え入れ、明日もまた別の者を受け入れる。

エーヴェルト・グレーンスはホテルの部屋が大嫌いだった。

アンニが病気になり、やがてこの世を去ると、彼はひとりで生きることを選んだ。そのほうがよかった。他人は邪魔なだけだ。しかしホテルの部屋では、孤独はけっして美しいものではなく、それを恐れている者が思い描くとおりに醜く、悲しく、押しつけがましかった。

グレーンスは気が休まらず、眠れなかった。リモコンを手にベッドに腰かけ、カチッ、カチッ、カチッとさまざまな世界を垣間見ていたが、何ひとつ印象に残らない。周囲を踊りまわり、彼をあざ笑っているのは孤独だけではなかった。孤独の横では怒りが、すぐ後ろでは焦燥とあきらめが舞い踊っていた。ピート・ホフマンは革張りの椅子から立ち上がり、歩き去った。密航業者に近づくことができる唯一の男。しかもリーダーに会ったことがあり、居場所も知っている。ヨーロッパとアメリカの警察から、世界で最も優秀な潜入捜査員だと認められた、スウェーデン人の名前をうまく聞き出す能力を持つ唯一の男。

にもかかわらず、頑なに拒んでいる。

グレーンスは耐えきれずにエレベーターでホテルの入口に下り、この時刻でもうだるように暑く、他国の首都よりもはるかに暗い西アフリカの夜にさまよい出た。ネオンの輝きはどこにもなく、どの家のどの窓にも明かりはついていない――ストックホルムの空にあるような暗闇を照らす人工物は、ここにはいっさいなかった。

彼は歩きはじめた。あてもなく、ひたすらまっすぐ進む。自分の中を駆けめぐるものをとりあえず鎮めるために。ブールヴァール・ドゥ・リンデペンダンスという名の通りに出た。ホテルの部屋に置きっぱなしの地図に〝繁華街〟と記された地区だが、交通量はそれほど多くなく、交差点には信号もほとんどない。代わりに環状交差点があり、そのうちのひとつを突っ切ると別の通りに出た。少なくとも、標識によれば別の通りのようだ。プラス・デ・マルティール。このあたりでUターンして引きかえすべきだった。おそらく。そして電話が鳴らなければ、おそらく引きかえしていた。

「もしもし、警部、いまから……」

ヘルマンソンの声。画面に表示された番号によると、警察本部の固定電話からかけている。

「……スピーカーフォンにします」

昨晩はストックホルムの地下を歩きまわったにもかかわらず、まだオフィスに残っているのだ。グレーンスは笑みを浮かべた。もちろん彼女には見えないが。

「まず、コンテナの会社について報告してから、ご意見をうかがいたいことがあります。そのあとで、ガイドの件でスヴェンに代わります」

ふたりとも、まだ帰っていない。それを知って、グレーンスの笑みが消えるはずもなかった。

「コンテナはグダニスクの運送会社が所有しています。最後の荷下ろしが行なわれたのもそこでした。書類上では、コンテナは空の状態のままになっています。ポーランド警察と協力して情報を収集したかぎりでは、コンテナに人間が詰められていたことを知っている従業員はいませんでした」

グレーンスは、ストックホルムの警察本部からの声に耳をかたむけた。ストックホルム

──警察官として、あらゆる通りの名前が頭に入っている街。だがここでは、別の現実の世界では、何度となく曲がりながら、自分がいまどこにいるのかを知ろうとしている。

「聞こえますか、警部?」

「聞いてる」

「携帯を振りまわしてるのかと思いました。少し音が途切れてます」

「道を間違えた。もう大丈夫だ。続けてくれ」

もう一度、曲がる。

そして、しばらくまっすぐ進むことにした。

「それで、ちょっと思ったんですけど、警部、もう少し調べてみたい人物がいるんですが」

「というと?」

「解剖技術者です。遺体安置所で最初の二体を発見した」

「なんだって?」

「ちょっと探りを入れてみたいんです。ひょっとしたら、何か隠してるかもしれません」

「だめだ」

「だめ?」

グレーンスは、あの温かい目を思い出した。

ほほ笑みを。

死者を目の前にした年老いた警部をもリラックスさせた。

「彼女はこの件には関わってない」

「警部、遺体は彼女の職場で発見されたんですよ」

「そうだ——そして彼女が通報した。もし関わってたとしたら、なぜわざわざ通報する？」

「犯人が協力するふりをして捜査に関わろうとしたケースは過去にもあります。主導権を握るために。監視するために。彼女は鍵を持つ人物のリストを作成しました。法医学者からコーヒーの自動販売機のメンテナンス係まで。その全員に事情聴取を行ないました——彼女以外は。彼女の動機やアリバイについては、まだ調べてません」

エーヴェルト・グレーンスは電話を切って叫びたかった。はるばるヘルマンソンや警察本部に届くほど大声で。

もし関わってたとしたら——なぜ俺に電話をかけてきた？　しかも自宅に。なぜ俺の腕に手を置いた？　なぜ、こんなにも彼女のほほ笑みに惹かれるんだ？

「エーヴェルト？」

スヴェンの声は疲れていた。間違いなく、自宅のタウンハウスに、アニータとヨーナスのもとに帰りたがっている。

「なんだ？」

「次の話に進んでもいいか？」

「早く話せ」

「じつは、数時間前にちょっと厄介なことがあったんだ」

「厄介なこと？」

「もう一度、あの地下道に入って、そいつを見つけた。いわゆるガイドを。情報屋から聞いた場所の近くで。だが、死んでいた。心臓をひと突きだ。出血がほとんどないところを見ると、凶器は細くて鋭利な武器だ。プロの仕業だろう。小型ナイフのほうが確実だと知っている殺し屋だ。大型ナイフは肋骨に当たって跳ねかえるかもしれないからな」

エーヴェルト・グレーンスは立ち止まった。

死んでいた？

その男も？

「エーヴェルト――犯人はコンテナの全部の死体を一体ずつ処分しようとしてるだけじゃない。発見されるリスクを残らず潰して、完全犯罪をもくろんでいる。あのガイドは、間違いなくわれわれが捜していた人物だ。彼が潜んでいた地下道の狭い穴に、大量の現金が隠してあるのを犬が見つけた。新しいシリーズの記番号だ。最近、手に入れた金にちがいない。おそらく、地下道を案内し、自分が持つ鍵と知識を提供してドアを開ける報酬として。だが、たとえその金がなかったとしても、間違いなくこの男だ——衣服と身体からリン酸アンモニウムが検出された。難燃剤。死体の山から運び出すのを手伝ったにちがいない」

新たな環状交差点。中央の円形地帯に入り、環状部分に沿ってひたすら進むと、どういうわけか、また別の名前のついた、別の通りにいるような気がした。

発見されるリスクを残らず潰して、完全犯罪をもくろんでいる。

スウェーデン人の窓口役への手がかりが、またひとつ消えた。

その瞬間、焦燥が姿を現わした。その場しのぎに抑えていた感情が、環状交差点を次々と曲がっては道に迷っている自分自身と同じく、心の中でぐるぐるまわりはじめた。グレーンスは、とつぜん足を止めた。

気が変わった。

ホフマンの件は、まだ片がついていない。それどころか始まってもいない。

丁重に依頼しても、必死に頼みこんでも説得できないのであれば、別の手段に訴えざるをえないだろう。

強制するのだ。

「ジェリーさん？」

最初は気づかなかった。誰かが叫んでいたが、自分が呼ばれているとは思わなかった。

「ジェリーさん？　ここです。私です！」

あの声。聞き覚えがある。

グレーンスは声が聞こえたほうを振りかえった。通りの向こう側に、車が一台停まっている。

「迷ったんですか、ジェリーさん？」

迷った。十中八九。それに、たしか自分はジェリーだ。

空港からホテルまで乗った、あのタクシーだった。ハンドルをやさしく握る快活な運転手。グレーンスはタクシーに近づいた。助手席のドアがすでに開いている。

車はホテルへ向かった。その間に、フレデリックは――グレーンスが彼の名前を覚えていたことは互いにとって幸運だった――いま走っている通りは、ほんの数キロのあいだに六回も名前が変わるのだと笑いながら説明した。環状交差点に差しかかるたびにグレーンスは混乱して方向感覚を失ったが、結局のところ、彼はずっと同じ大通りにいたのだ。ホテルの入口で、ふたりは例の金に関する押し問答を繰りかえした――運転手は料金を受け取ろうとしなかったが、グレーンスは譲らず、前回と同じ五千CFAフランを運転手の胸ポケットに押しこんだ。

エーヴェルト・グレーンスは、まだ確信していた。

丁重な姿勢がだめで、頼みこんでも無駄なら、力ずくでやらせるしかない。

まずは、あいかわらず人けのないロビーを捜し、次にフロントデスクでホフマンの部屋に電話をかけさせ、応答がないと、次はバーをのぞいた。

そこにいた。

バントゥー・ビールのグラスを手に。グレーンスよりもはるかに大柄で、筋肉が全体重を占めていそうな金髪の男と話している。

警部はホフマンの注意を引こうとしながら、ふたりに近づいた。

「少し話がしたい」

白い壁。バーの白いカウンター。白い壁の白いエアコン。白いバーの白いテレビ。

どれもグレーンスには見えていなかった。

「いますぐに。ふたりで」

「話の途中です。ご覧のとおり」

「終わらせろ」

ホフマンと同じくらいあごひげを伸ばした、大柄な金髪の男は、グレーンスの言葉を理解したようだった。しかも少し酔った様子で、おもしろがっている。

「ここに友人がいるのか、コズロウ？　紹介してくれ」

デンマーク人。

コペンハーゲンのアクセントだ。グレーンスにはすぐにわかった。

「エーヴェルト・グレーンス警部だ。あんたの友人をしばらく借りたいんだが」

デンマーク人の男は、その身体にふさわしい大きな手を差し出した。

「フランクだ。警部と言ったか？　俺の親友は、今度はいったい何をやらかしたんだ？」

飲みすぎでかすれた、やかましい笑い声。

「今回は彼のやったことではない。これからやることについてだ」

ホフマンとデンマーク人のフランクは顔を見あわせると、グラスを掲げ、乾杯して飲み干した。ふたりが抱きあうのを見て、グレーンスは一種の親密な関係を見て取った。〝ザルジスでうまくやれよ〟〝奥さんとうまくやれよ〟と互いに言葉を交わすと、デンマーク人がビールをもう一杯注文しているあいだに、ホフマンは警部とともにバーを出て、先ほどと同じ椅子に腰を下ろした。

「コズロウ？　最近はそう名乗っているのか？」

「母親の姓です。これまでにも何度も使ってます。こういう人生にぴったりな気がして。それに実際、偽造じゃないパスポートには、この名前と〝ホフマン〟が記されてます。いまは堅気(かたぎ)の生活を送ってるので。でも、ひとつだけ言っておきます、グレーンスさん。あなたは命の恩人だ。一度ならず二度までも。ですが、二度とその名前では呼ばないでください。いいですね？」

ピート・ホフマンの脅し文句は聞いたことがある。そして、その結果も目の当(ま)たりにした。

グレーンス自身、これまで何度も脅迫を受け、その結果を目にしてきた。

だから、逆らうことにためらいはない。

ある意味では、最初からそうするつもりだった。

ほどなく、今度は自分がホフマンを脅すことになる。

「前に言ってたな。おまえも転売で稼(かせ)いでたと。クスリの。たしか、そう聞いた」

ピート・ホフマンはうなずいた。そのとおりだ。

「だが、それはまったくの事実じゃない。だろ、ホフマン？」

「よくわかりませんが……」

「おまえがクスリを売って稼いでたということだ」

「記録を見たでしょう。事実だとわかってるはずです」

「そうじゃなくて、おまえはそれで稼いでいるんだろ？　いまも」

ホフマンは肘かけ椅子の背にもたれ、やや肩をすくめた。

「いったい、なんの話です？」

「これだ」

エーヴェルト・グレーンスは、厚手の上着の内ポケットから遺体の写真が四枚入った封筒を取り出した。だが、目当てはその写真ではなく、それとは別の写真と、国際捜査記録の抜粋だった。先ほどは、使わずに済むよう願って封筒から出さなかった。

「その痛ましい写真は、もう見ました、グレーンスさん。正直、ショックでした。お気づきでしょうが。仕事の話はありがたいが、あいにく感謝はできません」

「まだ見てないものがある」

グレーンスは封筒の残りの中身を目の前のテーブルに広げた。スヴェンが送ってきて、ホテルのスタッフに印刷するよう指示したものだ。

「たとえば、これについてはどう説明する？　このトランクに見覚えはないか？」

一枚目の写真。トランク。ピート・ホフマンが帰国する前にコロンビアで詰め、それを持って税関を通り、刑務所へ向かう途中で、エーヴェルト・グレーンスに警察本部のオフィスに置いておくよう頼んだものだった。

「始末に困って、本棚と使わない制服を入れてある小さなクローゼットのあいだに押しこんでおいた」

グレーンスは次の写真を手に取った。予備捜査記録の一ページをスキャンした画像。

「別の事件でこれが現われるまで。ポルトガル、スペイン、オランダ、スウェーデンの警察による共同捜査だ。その過程で、おまえのと同じトランクの写真が出てきた。とある麻薬組織が摘発された。スペイン南部、ジブラルタル、ポルトガルのファロを経由して密輸を行なっていたが、予備捜査で、麻薬が南米から運ばれていたことが判明した。完全無臭のトランクで。革そのものがコカインで作られてたんだ。化学者が溶かして、においを取り除いたもので。この記録の次のページにはな、ホフマン、押収されたブツの写真が載ってる。そのトランクはすべて、俺がオフィスに八カ月間しまっておいたものとまったく同じだ」

ピート・ホフマンは、腹から絞り出すような深く長いため息をついた。

そして次の瞬間、笑った。大きな声ではなく、おもしろそうに、それと同時にばかにするように。

「驚きましたよ。そんなことまで突き止めるとは」

「突き止めただけじゃない。見逃してやったんだ。おまえにトランクを返す前から知ってたにもかかわらず。最後の写真を見てみろ……誓って言うが、もうこれ以外にはない。トランクのごく一部を削り取って、ビニール袋に入れてオフィスに保管してあることを報告書に記載した。その横に、トランクの取っ手から採取した指紋を添付してある。おまえのだ、もちろん」

「それで？　これがなんの証拠になるんですか？」

「おまえにはその権利があると、俺が考えていた証拠だ。いわば資本金の。なんといっても、世界のふたつの地域で警察がおまえを利用して、邪魔になったとたんに捨てたんだからな。だが、その一方で、おまえを拘束する手段があるということも示している――必要に迫られれば」

ホフマンはまたしても笑ったが、さっきとは少し違う、どこか脅すような笑い方だった。

「俺がそれで捕まるんだったら、グレーンスさん、あなたもですよ。報告せずに隠しておいたんですから」

「それはなんとも言えない。法廷がどちらを信じるか、見ものだな。騙（だま）されたことに気づいたばかりだと主張する警部か、トランクに指紋を残した前科者か。死んだ男の上着に縫（ぬ）

いこまれていた衛星電話に指紋を残したように。それに、仮に両成敗だとして、失うものが大きいのはどっちだ？　家族のいない年寄りか？　それとも、ひと世代も若く、妻と幼い息子がふたりいる男か？　その男のせいで、家族は長年、逃亡生活を強いられたのちに、スウェーデンで自由に慣れようと苦労している」

心の中では、グレーンスはわかっていた。スウェーデン警察は、すでに目の前に座っている男をいいように使ったあげくに破滅に追いこんだ。にもかかわらず、グレーンスはさらにホフマンを利用して追いつめることを選んだ。彼の命を危険にさらすことを。

警察官として、身をもって学んだことがある。不測の事態に備えて、つねに代わりの策を用意しておくべきだ。

ときには実際に起こる。

不測の事態が。

「ホフマン――俺はこの件を報告する。おまえを刑務所に送る。そうすれば、おまえは何年間も収監されることになる。必要に迫られれば」

ピート・ホフマンは無言のまま座っていた。真実と嘘を見分けることには慣れており、彼自身、何度となくその微妙なバランスを維持してきた。やがて彼は、先ほどと同じように深く長いため息をついた。今度はあきらめのため息だった。

「二週間」

「というと？」

「明日から二週間の休暇に入ります。その期間をあなたのために使いましょう、グレーンスさん――でも、それ以上は一分たりとも延ばせません。でないと、雇い主やソフィアに事情を話さなければならなくなる。そしてあなたは――あなたは金庫の中身を燃やす。それでいいですか？」

「スウェーデン人の名前を早く突き止めれば、それだけ早く片づく」

「グレーンスさん、それでいいですか？」

他人を信用しないふたりが、この瞬間から相手を信じなければならなかった。

「わかった。いい、それなら燃やそう」

エーヴェルト・グレーンスはテーブルに手を伸ばすと、ふたりのあいだに置かれた写真をゆっくりと、これ見よがしに破った。ホフマンの意図と異なるのはわかっていたが、本気であることを示したかった。席を立ちかけたとき、ピート・ホフマンが彼の腕に手を置いて、ふたたび座らせた。

「もうひとつだけ、グレーンスさん。部屋に戻る前に」

彼の手は置かれたままだったが、グレーンスは振り払わなかった。そうやって触れられるのは一撃をくらうに等しく、殴りかえしたい衝動に駆られたにもかかわらず。

「俺が本格的に潜入するつもりだと思ってるんですか？　ほんの二週間で？　グレーンスさん、真面目な話、実際の潜入捜査に何が必要なのか、あなたはわかってない。潜入がなんの上に成り立っているのか——信用です。あなたにも俺にもないものだ。時間をかけて信用を築き、それにふさわしい行動をとり、それを利用して、相手が知られたくない情報を手に入れる。ポーランドのマフィアの中枢部に食いこむのには九年かかりました。ストックホルムからワルシャワまで行って、上層部と打ち合わせをするようになるまでに。コロンビアのジャングルでは、ふつうは誰も近づけない場所に出入りが許可されるまでに三年。グレーンスさん——今回は二週間しかありません。それでどこまで潜りこめるか、考えればわかるでしょう」

「今度の組織は、そこまで複雑じゃない。経験からわかる。密航業者は、南米の麻薬カルテルよりもはるかに小規模なグループだ」

話しながら、グレーンスは腕に置かれた手を見つめて不快感を隠そうとせず、ピートは手を放した。

「そうやって囮捜査を行なうのは……たとえばグレーンスさん、料理は好きですか？　おいしいものを作るのは」

「なんの話だ？」

「組織に潜りこむのは、じっくり時間をかけるフランス料理のようなものです。でも、あなたが求めてるのは、ファストフード店のハンバーガーだ。そして、潜入捜査が必要な犯罪組織には共通点がひとつあります――ファストフードが嫌いなんです。彼らはじっくり調理することを好む」

「それなら別の手段をとるまでだ。名称を変えて」

「たとえば？」

「衝突」

「衝突？」

「対決。〝時間をかける〟の反意語。あらゆる扉を一度に開ける奇襲」

「で、どうやって俺にそれをやれと？」

エーヴェルト・グレーンスはふたたび立ち上がったが、今度はさえぎられなかった。

「さあね。それはおまえの仕事だ、ホフマン。だが、俺はおまえが考えてる以上に知っている――長期間にわたる潜入捜査は嘘の上に成り立っている。そして、必要なのは一時しのぎの嘘だ。長くは騙せない嘘。いずればれるような。そのときのために確実に備えておかないといけない。でないと、おまえが死ぬ。あるいはやつらが死ぬか」

この部屋のベッドは、明日、そこで眠る見知らぬ者のために整える必要はなかった。グレーンスは眠れなかった。眠ろうとしても無駄だった。暑さのせいだろう。あるいは、ホフマンを説き伏せるのに費やしたエネルギーのせいか——思惑どおりに事が運んだと同時に、虚しさがやってきた。それとも、おおぜいの人間をコンテナで窒息死させた連中を捜しているせいか。はたまた、遺体安置所で出会った温かなほほ笑みを、これから取り調べなければならない皮肉な運命のせいか。この捜査が終わる前に、ふたたび彼女に会う機会があるとしたら、おそらく取調室でテーブルをはさんだかたちになるという予感があった。

すべてが一度に押し寄せてきた。

だから、グレーンスはふたたび外の闇に出た。この大陸で過ごす、一度かぎりの夜。首都の通りを歩き、小さなカフェでオレンジジュースを飲み、簡素なバーでパームナッツスープ（パーム油をベースに魚や野菜を煮こんだガーナの国民食）を注文した。出会った人は皆、親切だった。フレデリックが列をなしているみたいに——タクシーは運転していなかったが。しかも彼らは、別の時間軸で生活しているようだった。誰ひとり急いで帰ろうとはしない。客がいるかぎり、料理や飲み物を出しつづける。そういうわけで、夜明けまであと一時間しかない午前五時に、グレーンスは閉店準備をしていたレストランに笑顔で迎えられ、数えるほどしかない席に座るよう促されて、ひとつのポットで三杯淹れられるお茶を注文した。三杯とも同じ茶葉を使うため、だんだんと薄くなり、そのぶん砂糖を足して味を補う。笑顔の店主が聞き取りにくい英語で説明したところによると、一杯目は死ぬほど苦い、二杯目は人生のようにまろやか、そしてどうにか三杯目まで飲めば、愛のように甘くなるという。

七時ごろ、グレーンスはホテルへ戻った。気分が落ち着き、予想に反してちっとも疲れていなかった。できることなら入りたくない部屋まで上がり、少ない手荷物を詰め、チェックアウトをする前に、淹れたての濃いリベリカ種のコーヒーをゆっくり味わいたかった。彼はロビーの革張りの肘かけ椅子に腰を下ろしたが、今度はフロントに近い場所を選んだ。たまには行動パターンを変えるべきだ。そしてコーヒーを注文した。どうせなら最初から二杯頼んだほうがいい。

昨晩と同じく、おいしかった。

三杯目を注文しようとして手を上げたとき、見覚えのある顔が向かいの席を指し示した。

「またお会いしましたね、警部さん。ここ、よろしいですか?」

あの外務省の役人だった。タクシーに相乗りした男。きちんとした名刺を持っていた男。

「トールです。ごまかさなくてもいいですよ。必死に思い出そうとしているでしょう」

グレーンスは苦笑した。

「どうぞ。ぜひご一緒しましょう、トールさん」

明るい色のリネンのスーツは、ちっとも肌にまとわりついていない。エーヴェルト・グレーンスは羨望(せんぼう)のまなざしを向けた。

「次回はもっとふさわしい服装で来ますよ」

そして、厚すぎて黒すぎる上着で肩をすくめた。

「あるいは服装にこだわらないか」

グレーンスは次のコーヒーを注文した。最初と同じく二杯。ふたり分。

「迎えの車を待ってるんです。入口の外に座って……かれこれ三十分ばかり。ここにいれば呼びにくるでしょう。この国では一事が万事、こんな調子ですよ。慣れないとやっていけません」

「朝から会議ですか?」

「国連代表とニジェールの内務大臣、国境なき医師団が出席します。われわれ、つまりスウェーデンは報告書を受け取ることになっていますが、現地にいる私がオブザーバーとして参加します」

「ということは、言ってみれば……一人代表団ですか？」

「ご存じでしたか？ここにはわが国の大使館も領事館もないんです。この地域に開きたいと思う者はいませんよ。スウェーデン大使はみんな、東京で酒を飲むか、『ニューヨーク・タイムズ』を小脇に抱えてワシントンでカクテルパーティをはしごしたがっている。私は、ストックホルムから離れようとしない大使の代理を務めています。〝専門家〟という肩書きで。人道支援の専門家。札束の山に埋もれてますよ——外務省から二百億、それ以外にもスウェーデン国際開発庁（SIDA）が出資しています。私の役目は、ニジェール、ブルキナファソ、トーゴ、ベナン、マリにおいて、最適な投資方法を決定することです。もうずいぶん長いことやってますよ——西アフリカの極貧の国々を渡り歩いて。外務省では、ほかに誰もやりたがりませんから。でも、ここでは目を見張るほどの成果を上げることができます。他のほとんどの地域とは違って」

「コーヒー、早く飲まないと冷めますよ」

「私は人助けをしているんです、警部さん。真剣に。最初から、そのために尽力してきました。離れたところからでも。大きな問題を扱うプロジェクトを企画しようとした。ところが悲しいことに、ストックホルムでは、何もかもを必要としている人たちに関心を向ける者はほとんどいなかった。彼らには教育も、家も、インフラも、食べ物も必要だというのに。だから、私はここでそれをやっているんです。平均寿命が著しく短い国で。この国の人口の半分は十五歳未満です。半分ですよ、警部さん！」

エーヴェルト・グレーンスは三杯目を飲んだ。彼自身は定年を間近に控えているが、その事実を認めたくない。そして彼の国では、退職者の数が急増するあまり経済全体を圧迫している。

世界は、おかしな方向に進む一方だ。

「だから彼らは逃げるんです。無理もありません。地中海の漁船には、この国の難民がぎっしり詰めこまれている。もはや日常的な光景です。密航業者が難民に声をかけ、堂々と金を受け取っているのは。まったくリスクはない。昔はそんなことはなかったのに。すべては、ヨーロッパ諸国が難民の受け入れを制限するようになった結果です」

国家公務員は熱に浮かされた様子だった。まるで、自分の言葉には単なる仕事の域を超えた意味があるとでもいうかのように。単にぴったりのスーツを着ていること以上の意味が。

「それで、警部さん？　ここまで探しにきた答えは見つかったんですか？」

「ええ。探していたとおりの答えを」

「ということは、スウェーデンの港のコンテナで彼らを死亡させた犯人について、手がかりがあったんですか？」

「くわしいことはまだわからない。今回のおもな目的は、捜査の手法と人員配置に関してです」

公務員は最後の部分が理解できないことを隠そうとせず、説明を求めようとしたが、さえぎられた。記章のない制服姿の若い男に。

「チッラータさんですか？」

運転手にちがいない。よく見かけるように、客の名前を記した紙を掲げている――殴り書きのブロック体で。

「またお別れしなければならないようです、警部さん。私も明日、帰国します――ほんのいっときですが。どうかお気をつけて」

役人は立ち上がった。

「チッラータというのは、ディクソンさん？」

彼はグレーンスの問いにわずかにほほ笑んだ。

「これから会う国連代表の名前です。さっきも言いましたが――ものごとはかならずしも順調に運ぶわけではありません」

ディクソンはもう一度ほほ笑んだが、ほどなく足を止めて誰かに挨拶をした。グレーンスは相手を見ようと身体を伸ばした。

彼のよく知る人物だった。

役人が話しているのはホフマンだった。

「まったく遺憾だよ。きみみたいな完全武装した民間警備員がいなければ、食糧のトラックも目的地に到達できないとはね。じつに卑劣な襲撃だ。食糧を破壊するなんて。とても同じ人間のやることとは思えない」

ふたりの立っている場所はそれほど遠くなく、トール・ディクソンの声はグレーンスに届いた。だが、ホフマンの言葉は聞こえなかった。ひょっとしたら何も言わずに、わずかにうなずいただけかもしれない。

「でも、誤解しないでくれ――きみたちはじつによくやっている。きわめて重要な仕事だ。それだけはわかってほしい」

ピート・ホフマンが自分と同僚に対する称賛の言葉にふたたびうなずくと、ふたりは反対方向へと歩き出した。外務省の役人はホテルの出口へ、ホフマンはフロントとグレーンスのほうへ。

「おはようございます。また俺を待ってたんですか、警部？」

昨晩の件がふたりのあいだに雲のように漂うなか、互いにためらいがちに目を合わせた。そして、距離を縮めるために誰もがとる手段に頼った――別の話題を選んだ。

「おまえたちは知り合いだったのか、ホフマン？」

「なんのことです？」

「おまえと外務省のやつだ」

「顔見知りですよ。この街にはまともなホテルが多くないので」

あいかわらず雲は晴れない。

グレーンスは覚悟を決めた。

「昨日のことだが、ホフマン」

互いが思っていることを口に出すのはグレーンスの役目だ――ただひとつの任務を持ってここまで来たのは――そしてこれから自宅に帰るのは――彼のほうなのだから。

「すまない。少し……無理を言った。度を越していたかもしれない。だが……とにかく、そうするほかはなかった」

エーヴェルト・グレーンスは、昨日と同じように向かいの肘かけ椅子を勧めたが、ホフマンは今回は座る意思がないことを明らかにした。

「あなたは自分の責任を果たしただけです」

こわばった表情の裏に、かすかな笑みが見えたような気がした。

「たった二度の話し合いで、あなたは俺の気を変えさせた。ウィルソンがどれだけかかったか、知ってますか？　四ヵ月です。ところがあなたは、二十五分間の話し合いを二回しただけで、またしても潜入捜査員となることを俺に了承させた」

抱きあうことも手を握ることもしなかった。だが、グレーンスがたしかに見た、あのほほ笑みのおかげで、ホフマンを残して空港へ向かう後ろめたさが和らいだ。

「失礼してもいいですか？　ロビーの向こう側に座ろうと思っていたので。ひとりで。あそこのほうが受信状態がいいんです。電話をかけて、今日は帰れなくなったと言わないと。ソフィアと子どもたちに、もう三ヵ月待ってくれと伝えないと」

エーヴェルト・グレーンスは誤解していた。気が晴れるどころではなかった。

「よければ……彼らの様子を気にかけておこう」

「グレーンスさん、ひとつだけ約束してください。三人にはぜったい近づかないと。そして、この件が片づいたら俺にも」

「この仕事が彼らに影響を及ぼすことはない、ホフマン。それは保証する。わかったな？」

ピート・ホフマンは、またしても自分を潜入させるために地球の反対側まで来た年配の警察官には返事をしなかった。その場を立ち去ってロビーの反対側へ向かい、フロントに背を向けて座る。こんなことはもう二度としないとソフィアに約束したはずだった。嘘はつかないと。話をややこしくしないために。彼女を心配させないために。

「やあ、おはよう」

「おはよう、ピート」

ソフィアはすぐに出た。キッチンで家族の朝食を用意している姿が目に浮かんだ。九年にわたる嘘、ふたつの世界における二重生活に対して、彼女が言い放った言葉を思い出す。彼女と子どもたちにとっては、民間警備会社を経営する夫であり、父親。その一方で、犯罪の世界に入りこみ、スウェーデン警察のためのスパイ活動で、毎日のように命を危険にさらしていたのだ。

浮気より重大な裏切り。

事実を打ち明けざるをえなくなったとき、彼女はそう言った。込み入った嘘は、どうすることもできないと。

浮気をされたほうが楽だった。別の女性が存在して、姿が見えれば、その人を憎んで、出ていくための明確な理由になったと。

けれども彼女は出ていかず、あきらめなかった。

それ以来、ホフマンはどんなときも真実を話した。逃亡中も、ラスムスとヒューゴーが眠っているあいだに、自分たちが生き延びるために他人を殺すのがどういうことなのかを話しあって。

この瞬間まで。

「ソフィア？」

「なあに？」

「今夜は帰れなくなった」

彼女は何も答えなかった。だが、電話を切りもしなかった。彼女がキッチンを歩きまわる音、椅子が床にこすれる音、磁器の皿がかちゃかちゃいう音が聞こえる。

「ソフィア？」

トースターの加熱が始まる。これだけいろんな音がするのに、なぜ聞き分けられるのか。

「ソフィア？　何か言ってくれ」

「帰ってこないの？」

「食糧不足は深刻だ。もっと運ぶ必要がある」

「それはいつわかったの？」

「昨晩遅く」

拍子抜けするほど簡単だった。嘘をつくのは。他の能力と同じように、訓練しなければ衰えるものだと思っていた。ところが、ずっとつきとおしてきたかのように、あっさりと勘が戻った。

「朝一番に出発しないといけない。だが、また電話する。いつものように。毎朝」

ふたたび磁器の音。ラスムスのスプーンが、いつもバニラヨーグルトがたっぷり入ったボウルに当たったか、あるいはヒューゴーが皿の上で固ゆで卵を切っているのだろう。

「いま、スピーカーフォンにしてる、ピート。いつものように朝食のテーブルの真ん中に置いて——子どもたちも座ってる」

彼女の声は、困惑も失望もしていなかった。無表情、そんなふうに聞こえる。最悪だ。

「やあ、おまえたち」

「パパ！」

ラスムス。だが、ヒューゴーは黙っている。

「ヒューゴー、聞こえるか？」

「うん、聞こえる」

あいかわらず、ふさぎこんだ声。

ホフマン家の長男は、いつも彼やソフィアが気づく以上に多くを理解していた。

「よし、いまは――」

「今夜は何時に帰ってくるの？」

ヒューゴー。知っているような口ぶり。

「じつは……こっちにいることになったんだ。もうしばらく」

「帰ってこないの？」

「ヒューゴー、パパは――」

「帰ってくるの？　こないの？」

「今夜は帰れない」

またしても椅子が床にこすれる音。すばやい足音。ドアが閉まる。おそらく玄関のドア。

「もしもし？」

「ヒューゴー、行っちゃったよ、パパ」

「行っちゃった？」

「うん。昨日もそうだった。パパが銃を撃ちあって、電話を切らなきゃいけなかったとき。玄関の前の段に座って、僕たちが学校に行くまで待ってたんだ」

腹に一撃をくらったような衝撃。そして頭にも、もう一発。

ヒューゴーは……銃声を聞いたのか？　会話をさえぎった銃声を。心配していたのか？　ラスムスも耳にして、理解していた。あるいは、ヒューゴーがあとから説明したのかもしれない。

両親として、自分もソフィアもあらゆる情報を隠し、長いあいだ送ってきた人生の現実から幼い息子たちを守りきれると確信していた。

だが、そのあいだにふたりとも気づき、悟った。

二日続けて、ヒューゴーは朝食の席から、家族がそろう毎日の時間から離れたというのに、自分は——ソフィアがかつてそうしていたように——目をつぶって、平凡な家族の平凡な朝食だと思いこもうとした。

ピート・ホフマンは電話を握りしめた。

家に帰らなければならない。

実際にあの朝食のテーブルに座らなければならない。約束どおりに。たとえ一日だけでも。たった一回の朝食だけでも。

すでにグレーンスとは話がついている。潜入するのに、犯罪組織の中枢部に潜りこむのに十四日間しかなければ、別の手段をとる必要がある。それは十三日でも、十二日でも、あるいは十一日しかなくても同じだ。

衝突。

エーヴェルト・グレーンスはそう呼んだ。

対決。〝時間をかける〟の反意語。あらゆる扉を一度に開ける奇襲。

ピート・ホフマンは、もはや声の聞こえない電話を手に、ロビーの誰もいない片隅に座っていた。ソフィアとラスムスとヒューゴーの声をしっかり捕まえておくことができるかのように。ただちに北部に向けて出発し、また別の、おおぜいの難民が痕跡を残した場所に行くつもりだった。すでに決めていた。もともと不可能な任務を二週間で成し遂げられるのなら、その期間を短縮するのも自分の腕しだいだろう。

第四部

八百六十一メートル離れた場所からは、人の外見は違って見える。よりくっきりと。記憶にあるよりも面長(おもなが)だった。鼻はやや幅が広く、あごは引っこみ、もみあげはもじゃもじゃで、数メートルの距離ではわからなかった白いものがわずかに交じっていた。

ピート・ホフマンはライフルを握りしめた。片方の肘(ひじ)の前に置いた温度計に目をやる――摂氏二十四度。次に、さびれた倉庫の横にある埠頭(ふとう)近くの一本の木に注意を向けた――葉の多い枝の揺れ具合から推測するに、風速は十メートルから十二メートル。

彼は小さなダイヤルをそっとまわした。ひと目盛り。

右方向へ1。

もうひと目盛り、まわす。

右方向へ1。

完璧だ。

鮮明に見えるようになった。

ライフルに装塡(そうてん)されている弾丸は、射入口は小さいが、炸裂すると激しい衝撃とともに大きな射出口を残す。

余裕があるときの習慣で、彼は眉間に狙いを定めた。

覚えてるぞ。おまえと、昨日殺した男は俺たちを待っていた。

ちょうどそこ、まさにいま立っている、あの建物の外で。

おまえが——驚くほど語彙(ごい)が豊富で、じゅうぶんな教育を示す文法を使った、訛(なま)りの強い英語で——あの若いカップルの全財産を受け取り、ふたりと俺に最後まで安全な航海を請けあったのを覚えている。

ピート・ホフマンは毎回、同じように感じた。

ライフルの照準器越しに、誰かにこれほど近づくのは、なんと奇妙なことか。

あたかも狙いをつけた男のとなりに立っているような気分だ。先ほどからしきりに目を瞬(しばたた)き、舌先で唇を湿らせている標的のとなりに。

二脚を使うことはめったにない。だがいまは、横たわっている屋根に吹きつける突風がライフルを構える手を直撃するため、使わざるをえなかった。その状態のまま、大きな部屋に戻る男の動きを慎重に追った。

ホフマンは中に入ったことはなかった。

金を払うふたりの難民も。入ることを許されなかった。

密航組織の本部。

それが、ホフマンが照準器でとらえた男の歩きまわっている場所だった。部屋というよりもホールに近い。だが、簡素な机と、やはり簡素な椅子や棚がわずかに置かれていた。おそらく、かつては倉庫か工場のようなものだったにちがいない。その証拠に、男の頭上には太い鉄の梁が宙に浮いた橋のように平行に架けられていた。

顔を合わせた際に、全員が自己紹介し、男も名乗ったはずだった。ホフマンは彼の名前を思い出そうとしたが、昨日殺した業者も、その雄弁なボスも、思い出せるような名前ではなかった。難民のカップルの名前さえ思い出せなかった。それほど関心がなかったのだ。覚える必要があるとは思わなかった。

それでも、あの若い男女がどれだけ興奮していたかは覚えている。いまにも飛び上がって喜びそうなほど。四日間、トラックの荷台で休むことなく砂漠を旅してきたばかりだというのに。

ふたりがどこを見ていたのかを覚えている――過去ではなく、未来。

問題ではなく、可能性。

これまでの人生ではなく、新たな人生。

ホールのとなりには別の部屋があった。密航業者はそこへ向かっていた。ホフマンは照準器の狙いを男の頭としわの刻まれた額から、彼が開けるドアへと移した。防護扉。分厚い。中に貴重品が保管されているようなドア。

男は鍵を開け、姿を消した。ピート・ホフマンは待った。

密航業者はじきに出てくるはずだ。ふたたびライフルの照準器が彼の顔を追う。こんな夜更けだというのに、少しずつじっとりして、汗でてかってきた顔を。

一分。もう一分。

あの金庫のようなドアの奥で、男が何をしているのかはわからないが、なかなか出てこなかった。

気まぐれな風に、ホフマンの手はわずかに震えたが、照準器でとらえた的からは一瞬たりとも目を離さなかった。風向きが変わり、料理のにおいが漂ってきた。数メートル先、ホテルの屋根の西端にある錆びた二本の煙突が、レストランの厨房のにおいを吐き出していた――炒めた肉、おそらくラムだろう。

思いがけず、奥深いところからこみ上げたため息が腹から胸に充満し、喉を圧迫した。

何かに恋焦がれているときのように。

本来なら、いまごろはアーランダ空港に着陸して、一時間後にはソフィアに抱きしめられて息子たちのベッドの端に腰かけ、ゆっくりと規則正しい寝息に耳をかたむけていたはずだった。

ところが、まったく別の旅となった。ヘリコプター。〝ロブ〟と呼ばれている南アフリカ人――上空から輸送の警備が必要な際に、民間警備会社に航空機を貸し出している人物――が、多額の米ドルと引き換えに、みずからホフマンをリビアまで送り届けてくれた。答えられないようなことは、いっさい訊かずに。何百年にもわたってラクダの隊商が横断したサハラ砂漠のルートの上空を飛び、ズワーラの郊外に着陸した。地中海沿岸の港町。ヨーロッパへの密航の最大の玄関口であるとグレーンスに説明した場所だ。当のグレーンス――ホフマンをここに送りこんだ男――は、ちょうどいまごろアーランダに着陸しているだろう。ひょっとしたら、すでにターンテーブルを通り過ぎ、ストックホルム行きのアーランダ・エクスプレスへ向かっているかもしれない。自宅へ。自分とは違って。

またしても深いため息がこみ上げ、ホフマンをつかんで内側から揺さぶった。外側から揺さぶる風と同じくらい強く。

ヒューゴーの声。

あの声がすべてを物語っていた。すべてを意味していた。

彼の父親はそこにいるべきなのだ。

ピートとソフィア・ホフマンの長男、人一倍敏感なあの子に、毎日、同じ朝食のテーブルに座れることも教えてあげなければならない。ようやく取り戻したかつての生活が本物だと、これからもずっと本物だと。そこが自分たちの居場所だと。ふたりの息子の信頼がなければ、父親の人生は無意味であると。

父親はそこにいるべきだと。

鋼鉄製のドアがふたたび開き、閉まった。

ホフマンは男が振り向くまで待つと、もう一度照準を額に合わせ、あいかわらず汗でてかった肌をとらえた。汗はこめかみから頬に滴りはじめている。男が机まで戻ると、ホフマンは喜びに顔を輝かせた若いカップルを思い浮かべながらボルトハンドルを操作した。

きみたちはもう生きていない。

息をしていない。

においもわからず、見ることも、聞くことも、感じることもできない。

存在しない。

あの男の——きっかり八百六十一メートル先の窓ぎわを歩いている、あの男の——ゴミくず同然の約束のせいで。クソ野郎。おまえは俺の手を取って、あのふたりの全財産を受け取ったあげくに、彼らを死なせた。

ピート・ホフマンはライフルを握りしめた。

引き金を。

ふたたび狙いを定める。眉間に。

そして、何度も自分に言い聞かせてきた言葉を繰りかえす。

〝おまえか、俺か。

俺は、おまえよりも自分自身のほうが好きだ。だから、自分自身を選ぶ〟

エーヴェルト・グレーンスはあくびをして、やや身体を伸ばすと、茶色いコーデュロイのソファーのやわらかすぎる端を転がって、なかば眠ったまま起き上がった。アーランダからクロノベリの警察本部へ直行し、少しだけ休むつもりで上着も脱がずに横になった——そして眠りこんでしまったようだ。別の大陸で過ごした夜を恋しく思ううちに、めったに経験したことのない、夢も見ない深い眠りに落ちた。

完全に目が覚めるまで、窓から警察本部の中庭をぼんやり眺める。美しい日だった。よく晴れて風はなかったが、外はまだ肌寒い。ようやく気候にふさわしい服装に戻った。

廊下の自動販売機に近づくと、コーヒーが底をつきかけているのか、ブンブン音を立てて水蒸気を吐き出していた。38番、ブラック二杯。39番、ミルク入り一杯。40番、ミルクと砂糖入り一杯。最初にマリアナ・ヘルマンソン、次にスヴェン・スンドクヴィストのオフィスのドアをノックした。ふたりとも、グレーンスの姿と、湯気を立てたプラスチックのカップがのった小さなトレーを見ただけで、何も言われなくても手を止め、朝のミーティングのために上司のオフィスへ向かった。

「ホフマンか、エーヴェルト?」

「ホフマンだ」

グレーンスは二杯のコーヒーを一気に飲み干すと、部下が半分を飲むあいだに、ヘルマンソンもスヴェンも地図で見つけられず、名前を聞いたこともない西アフリカの首都のホテルでのやりとりについて説明した。

「あのピート・ホフマンか、エーヴェルト?」

「あのピート・ホフマンだ」

「彼を信じるのか?」

「ああ。今回は合法的な仕事で向こうにいるという言葉を信じた——密航組織とはいっさい関わりがないという言葉を。ホフマンの行動はすべて妻のためだ。そして、その妻の行動は受け持ちの生徒のひとりのためだ。だからあいつは、あの若いカップルが全財産を手渡すのに付き添った。そして、万が一に備えて衛星電話をふたりに渡して、上着に縫いこむように言ったという言葉も信じた。新しい未使用の電話を。そうした信頼関係に基づいて、ホフマンと市警のハンドラーのエリック・ウィルソンは、ここストックホルムで任務を遂行した。そうやって、ホフマンとアメリカ麻薬取締局(DEA)のハンドラーのルシア・メンデスはコロンビアで任務を遂行したんだ」

グレーンス警部は、ふたりが理解するのを待つべきだとわかっていた。彼自身、この結論に達するまでに、丸一日と長いフライトを要した——スヴェンとヘルマンソンも数分間はかかるだろう。

「ホフマンはつねに複数の電話を使い、SIMカードも複数持っていた。特定の環境で長く暮らしてると、その習慣はそう簡単に抜けないものだ。それが自分の一部になる。自分がその一部になる」

グレーンスはまたしてもあくびをこらえきれず、詫(わ)びてから、心底恐怖を感じたホテルのベッドから逃れるために、アフリカの夜を歩きまわっていたことを打ち明けようかと考えたが、何も言わなかった。恐怖はあまりにも個人的なことだ。愛と同じく。口にすれば自分自身をさらけ出し、無防備になる。

「若い男の遺体の上着から見つかった電話の指紋は、ホフマンのものだった。その結果、難民の旅の出発点にたどり着いた。そして、旅がどのように始まったのかがわかった。だが、終わり方については何ひとつ判明してない。密航組織のスカンジナビア支部については。泡で遺体を隠そうとして、わざわざストックホルムの複数の遺体安置所に捨てた人物については。コンテナごと燃やすほうが簡単なはずだ——通常の殺人犯なら、そうするだろう。ここで金を手にした人物、われわれの街でふんぞりかえって札束を数え、次の難民の一団が運ばれてくるのを待ってる人物については、何ひとつわかってない」

「その電話ですが、警部……」

マリアナ・ヘルマンソンは、来客用の椅子に座った際に、がたがたするコーヒーテーブルに一冊のファイルを置いていた。

「……現時点では唯一の手がかりです」

彼女はコーヒーカップと、もともと個包装のミニケーキが入っていた空（から）のアルミトレーをゴミ箱に捨てると、スペースの空いたテーブルにファイルの中身を広げた。電話の通話記録のように見える。近年では、通信会社が〝データの保護〟という言葉を繰りかえして警察の捜査を妨げているために、そうした書類は入手困難になっている。

「最近採用された鑑識官が、すばらしい仕事をしてくれました」

「誰だ？」

「それが重要ですか？」

「重要だ」

「そうかもしれませんね。たとえば、上司に認められてるとわかったらうれしいですもの。

そうでしょう？」

ヘルマンソンは彼を見つめた。彼女にしかできないやり方で。挑むような表情で。彼女の言うとおりだった。グレーンスは相手に対する評価を示すこと——つまり、褒めることが苦手だった。なんというか……そう、媚びているように思えるのだ。相手を褒めようとすると、いつも言葉がつかえた。

「このまま続けてもかまいませんか？」

またしても、あの表情。

心の中まで見透かされるようだった。

グレーンスは悪い気はしなかった。

「続けてくれ、ヘルマンソン」

彼女は書類を手にした。

「ホフマンが難民のカップルに渡した衛星電話は、最近、テロリストのあいだで多く使われている日本のメーカーのものです。われわれの捜査でもたまに出くわしますが、めったにアクセスすることはできません。方法がないからです。正確にはなかった。というのも、その新任の鑑識官がついに侵入に成功したんです。どうやったのかはわかりませんが、とにかく入りこんだ。そして、キーコードを作成して暗号を解読し、直接、衛星ネットワークを調べることができたんです。その結果、その電話が合計八回しか使われていないことが判明しました。発信が一回。着信が七回。その捜査官によると——ちなみに、まだ知りたいのであれば、ビリーといいますけど。しかも二十八歳という若さです——発信地はズワーラという港町の倉庫でした。リビア沿岸の」

ズワーラ。

一瞬、エーヴェルト・グレーンスは何も聞こえなくなった。

ホフマンの言っていた港町だ。彼が向かっていた。まさにいま、彼がいるにちがいない。

「その発信は……聞いてますか、警部？」

「なんだ？」

「話についてきていますか？」

「もちろんだ」

マリアナ・ヘルマンソンは大きく息を吸ってから続けた。

「発信があったのは、十六日前、地中海に面したアフリカの港町にある倉庫からです。夜遅く、二十三時四十二分。通話時間は一分二十八秒。そして発信先は——これが興味深いのですが——その後の七回にわたる着信元と同じ番号なんです。しかし、一度も応答されてません。最後の一回は、あなたもご自分の目で見たとおりです。同一の未登録の番号から、七回の不在着信。いずれも、あのコンテナがスウェーデンに上陸したあとにかけられています。あの中に死者が詰めこまれていたときに」

次の書類は七枚あった——一件の不在着信ごとに一枚ずつ。そして八枚目の用紙に集計され、ストックホルム南部の地図に紫色の線と丸印で記されていた。

「この紫の線は——ええ、わかってます。ほかにペンがなかったんです——わずか数平方キロメートルのエリアの境界線です。東はニーネース通り、南西はソッケン通り、北はエンシェーデ通りに接する、ほぼ三角形になっています。その中に、同じ紫の丸印があるでしょう。それが七回の不在着信の発信地です」

「同じ番号なのか？」

「はい」

「同一地域から？」

「はい」

警部はヘルマンソンを見て、次にゆっくりとうなずくスヴェンを見た。

三人とも同じことを考えていた。

「あのカップルを待っている人物がいた」

スヴェンが言葉に出した。

「ふたりに会いたがってた人物が」

エーヴェルト・グレーンスは、部下たちが立ち去ったあともコーデュロイのソファーから動けずにいた。

捜査中は日常風景となる、黄色い付箋だらけの机に近づく気にはなれなかった。交換台か通りがかりの頭の悪いやつが殴り書きした電話番号、捜査員もまだ知らない答えを聞き出そうとする強引な記者からのメッセージ。結局は、いつもと同じように処理することになるだろう――一枚ずつ剝がし、申し分のない放物線を描いてゴミ箱に放りこむ。

だが、いまはそれどころではない。

厳しい国境警部をすり抜けて流入する難民を利用して、何者かが暴利を貪っているのだ。犯罪者が最初の犯行で捕まることはほとんどなく、それゆえ彼らは何度も罪を重ねていく。

スウェーデン人の密航業者は、おそらくただ次の船を待っているわけではなく、すでに人々を詰めこんだコンテナを受け取っているにちがいない。

グレーンスは、人けのないホテルのロビーでピート・ホフマンと交わした会話を思いかえした――ソフィアが彼に難民のカップルを助けるよう頼んだのは、親と離ればなれになった子どものためだった。同じように海を渡ってきた。

それが現実なのだ。

それが次に調べるべきことだ。

同じようにコンテナで海を渡り、ヴァータハムネン港に――生きたまま――上陸した難民は、コンテナの扉を開閉した人物の顔を見ているはずだ。だから、集団墓地を生み出した組織のメンバーを特定できるかもしれない。だが、みずから進んで名乗り出ることには危険が伴う。したがって、居ても立ってもいられずに電話をかけつづけている人物、ひょっとしたら同じ方法でスウェーデンに来た人物を見つけ出すのは、エーヴェルト・グレーンスの仕事だ。

警部は廊下を急いでベリィ通りに飛び出した。疲れは吹き飛んでいた。一歩進むごとに、卑劣な連中の顔を知る人物がどこかにいるという確信が強まる。そして、手始めにどこを探すべきかはわかっていた。

ヘルマンソンの地図で、紫色の線で囲まれた三角形の地域。

二日前の朝に赴いた場所。

いずれにしても、その日のうちに訪れて話を聞く予定だった場所。

ホフマンの家族が暮らしている場所。

ピート・ホフマンは、前の晩よりも二本の錆びた煙突に近いところに身を伏せていた。早朝のレストランの厨房は、また別のにおいを彼のほうに吐き出している。炒めたラムとスパイスは、焼きたての白パンや〝バザン〟（大麦、水、塩だけで作るリビアのパン。トマトソースをかけ、ゆで卵やじゃがいも、マトンをトッピングして食べることが多い）、クミンをきかせたスープのにおいに取って代わられた。

ズワーラを一望するホテルの平らな屋根は、真っ青な空に太陽がゆっくりと昇るにつれ、ほどなく熱くなるだろう。ホフマンは腹ばいのまま肘をつき、ライフルを昨夜と同じ建物に向けた。照準器のレンズに、五つの顔が押しこめられている。二階の窓越しに見える人数はそれだけだ――だが、もうひとりいるにちがいない。というのも、五人の男はときおり、ホフマンが昨日から〝金庫部屋〟と呼んでいる部屋のほうに顔を向けていたからだ。金庫のようなドアは開いており、中にいる誰かと話をしているようだった。したがって全部で六人、ないしは七人。そのうち二名は、服装と装備から判断してボディガードだろう。

それも想定の範囲内だった。

ホフマンは建物の外側の非常階段を下り、ホテルの最上階の開け放たれた窓から自分の部屋に戻った。そしてライフルをケースにしまい、〞起こさないでください〟の札をドアノブに掛けると、部屋を出て、エレベーターで玄関に下りた――あいにく、これから向かう場所には武器を持たずに行かなければならなかった。

平坦な港町の狭くて美しい通りを行く朝の散歩。十分も歩けば、強烈な暑さが訪れる前の心地よい海の空気を味わうことができる。本来なら、そうしているはずだった。だが、いまは状況がまったく異なる。もっぱら意図的な衝突を目指して歩いた。

港と通りを隔てている背の高い鉄の門が、この前と同じように鋭い音を立てて開いた。前回はふたりの難民の半歩後ろに付き添っていた。鼻が広く、あごが引っこみ、もみあげをもじゃもじゃに伸ばした男に茶封筒を渡す際に、彼らの安全を守るために。昨日の深夜、ピート・ホフマンはとつぜん男の名前を思い出した。ここ数日は、ぐっすり眠れない日が続いていた――ヒューゴーと同じく、彼も夜のうちに汗まみれのベッドカバーを押しのけて床に落としてしまうほど寝相が悪い。午前三時ごろ、暗がりのなか、寝ぼけまなこで消えた枕を探している最中に、ふいに名前が思い浮かんだ。オマール。あの密航業者はそう名乗った。標的の名はオマールだ。

そして、ホフマンがいま近づいているのはオマールの車だった――昨夜、屋根の上から見張っていたときに、あのリーダーの男が乗ってきたものだ。組織の本部へ続く古びたコンクリート階段の最下段のそばに駐められた車は、エリート軍人が激しい紛争地帯で乗るような軍用車を思わせた。爆撃にも地雷にも耐えられる設計で、発煙弾を突破するための赤外線カメラや、発火を察知して作動するスプリンクラーを備えている。おまけに車体の一部が開閉可能なハッチに改造され、そこから銃で応戦できるようになっていた。

どうやらオマールは身の危険を感じているらしい。

こういうタイプの男ほど、信用を得るのが難しい相手はいない。取り入るにはかなりの時間を要するだろう。

ピート・ホフマンは周囲を見まわし、誰もいないことを確かめると、身をかがめ、車の下の左前輪付近に潜りこんだ。強力な磁石のついた小型GPS装置を運転席の真下に取りつける。ボスの居場所を把握しておくのは、どんなときにも役に立つ。

彼は起き上がり、身体じゅうに吹きつけて薄い層のようになった細かい砂を払い落した。

これまで監視しつづけ、いま向かっている部屋には、下部に小さな換気口を備えた窓があり、そこから耳慣れたかすかな音が漏れ聞こえた。ホフマンは鍵のかかっていない正面のドアを押し開け――訪問者が現われるのは、彼らにとって想定外にちがいない――足音を立てずに階段を上る。二階にある北アフリカの密航組織の本部に近づくにつれ、音はだんだん大きくなった。

紙幣計算機。

広範囲にわたる犯罪活動の報酬。

機械の上部に入れられた現金は、すばやく数えられ、下方のトレーから出てくる。

ホフマンは最後のドアの外にじっと立っていた。彼らの声が聞こえる。煙草（たばこ）の煙に触れられそうだった。天井でまわっているファンの振動を感じるようだった。

彼は生き残りをかけた状況でのルーチンを実行した。息を吸い、吐き、横隔膜まで空気を吸いこんで落ち着かせる。あらゆる思考と警戒心をいま、この瞬間に集中させると、ドアのハンドルに手をかけて押し下げた。

選択の余地がないのはわかっていた。

こうした連中に手っ取り早く近づくには、ほかに方法はなかった。

彼らと正面から対決しなければならない。

密航組織の本部の大部屋は、もうもうとした煙草の煙、汗ばんだ顔、何万ドル、何百万ＣＦＡフランもの紙幣を数える機械に負けじと張り上げられる大声で満たされていた。ピート・ホフマンはためらわずに中に入ると、片足を机にのせ、くつろいだ様子で椅子の背にもたれて座っているオマールのほうへ向かった。すぐそばにいた若い男ふたりがすばやく立ち上がり、その間に、ホフマンがボディガードだと見当をつけた二名が役割を果たし、彼の行く手をさえぎって武器を抜いた。一方は自動拳銃（オートマチック）、もう一方は回転式拳銃（リボルバー）。座ったままでいるのは、ひとりだけだった。明らかに無関心を装っている、あごの引っこんだ男。オマール。彼はわずかにうなずいて、ボディガードに招かれざる客の身体検査を指示し、それが終わると、もう一度うなずいて、招かれざる客に近づいてもかまわないと合図した。

「おまえか。前に会ったな――ひと月前だったか？　話があるなら……」

やや頭をかがめたオマールは、前回と同じく冷静に、完璧だが訛（なま）りの強い英語で話した。その目の表情は、どんな意味にも解釈することができた。

「……いつもの場所で聞こう――乗客がチケットを買うときと同じように。付き添いがいようといまいと」

オマールは三たびうなずいた。〝ここから出ていけ〟という意味だ。

ピート・ホフマンは出ていかずに、その場に立ったまま、あえて声を低くした――万が一うわずって、これが実際には信じがたい綱渡りだとばれるリスクを少しでも回避するために。

「俺はここにいる。決めるのはおまえだ、オマール——たしかそういったな——おまえだ」

一秒。

「俺を雇うか、それとも……」

一秒で見極められる嘘。

「……俺が殺すか……」

吟味して、判断するのに必要な時間。

残りの時間で決断し、行動する。

「……おまえのことも」

ホフマンが最後まで言わないうちに、二名のボディガードが彼とリーダーの机のあいだに割って入り、アドレナリンと怒りの壁となる間に、若い男ふたりがホフマンに駆け寄って、背後から腕を片方ずつ押さえた。

「よくわからないが……」

オマールの声はあいかわらず落ち着きはらっていた——見せかけの無関心にちがいない。

「……いったい、どういうことだ？　俺の理解が正しければ、おまえはとつぜん入ってきて、それで、どう言えばいいのか——俺を脅迫してるのか？」

ピート・ホフマンは心の内に目を向けた。生き延びるために身につけた方法だった。それゆえ、みずからの死を思い描いた。

「そうだ。おまえを脅迫している、オマール」

それからソフィアの死、ラスムスの死、ヒューゴーの死。それを感じなければならなかった――恐怖を。

「俺の話を聞いてほしいからだ」

彼自身の恐怖は逆効果をもたらした――彼を無理やり行動に駆り立てた。どんなときも、守るべきものしかない者が最も危険だから。

「そして、俺の言うとおりにしなければ、オマール、おまえを殺す。おまえの仕事仲間が俺の話を聞かなかったときのように」

「仕事仲間？」

「そのとおり」

ピート・ホフマンは力を抜き、一瞬、抵抗するのをやめた。まさにその瞬間、左腕をつかんでいる若い男も無意識に力を抜き、手を放した。その隙に、ホフマンはハンティングベストに手を入れ、ＵＳＢメモリを取り出した。

「俺にスナイパーライフルを持たせれば、誰にも負けない自信はある。最近はずっと愛用している。カメラも取りつけた」

彼はUSBを机に放った。メモリはオマールの手から遠くないところに落ちた。

「その小さなプラスチックに、短い動画が三つ入っている。ひとつ目は十二秒で、昨日、おまえの仲間をわずか一発で片づけたときの様子がはっきり映ってる——前回、会った際に、おまえといっしょにいた男だ」

ようやくオマールは反応を見せた。あからさまではないが、じゅうぶんだった。彼は視線をさまよわせた。長いあいだではないが、明らかに。わずかに首を伸ばした。一瞬、呼吸が乱れた。

部屋にいる男たちは、仲間が撃たれたことはすでに知っていた。

これで誰の仕業かも知ることとなった。

「俺が仕事で警備していた食糧輸送隊を襲撃して、撃たれた。左のこめかみを。遠くから——三百二十四メートルの距離から。榴弾を拾い上げようとしたのが間違いだった。それを見終えたら、オマール、ついでに残りのふたつの動画も見るといい。同じライフルで撮影したものだ。ひとつは昨晩、千四百五十三メートル離れたところから撮った。自分で言うのもなんだが、よく撮れてる。ズワーラ郊外の美しい農場で。被写体は、キッチンの窓ぎわに立っているおまえの妻、とりわけ額だ。もうひとつは、八百六十一メートルの距離から――その数時間後にホテルの屋根から、まさにこの部屋を撮った。ライフルの照準器は、おまえに合わせている。妻と同じ眉間に」

ホフマンは、オマールとのあいだに立ちはだかる、銃を構えたボディガードたちに笑みを向けた。

「そして、別の……仕事仲間、おまえを守るはずのやつらは、この建物の入口の前に立っていたが、いまほど注意を払ってはいなかった――まったく気づいてなかったからな」

ホフマンは身を乗り出し、人差し指と中指が欠けている左手でUSBメモリを押しやった。プラスチックの表面に汗ばんだ三本の指の跡がついたUSBが、オマールの目の前に落ちた。

「おまえを殺すこともできた――一発で、一撃で。だが、やめた。だからいま、おまえは生きている。だから俺を雇うんだ」

彼らはいっせいに襲いかかった。八本の腕がホフマンを床に押さえつけると、オマールはおもむろに立ち上がり、白いシャツの上にこれ見よがしに斜めがけにしている、使い古されたホルスターからリボルバーを抜いた。男たちがピート・ホフマンを投げ出したのは、彼が抵抗しなかったからだ――むしろ、そうされることを予想し、身構えていた。オマールは鋼鉄の銃口を額のやわらかな肌に押し当て、彼の目をじっとのぞきこんだ。他人の心に入りこみ支配するのに最適な方法を心得ている。ホフマンは傲慢(ごうまん)な態度でその視線を受け止めた。そういう男だと思わせなければならない。ソフィアやラスムス、ヒューゴーが死ぬ場面を想像すればするほど、みずからの死は些細(ささい)なことに思え、オマールの強烈な視線を平然と受け止めて返すだけの力が湧いてきた。そして、四十五から六十秒ほど経ったとき、額の圧力がわずかに弱まった。とつぜん飛びこんできて、メンバーのひとりを殺したと言い張る——おまけについ昨晩、リーダーを殺す意図を示した——この男は誰なのか、知りたいという欲求が、死には死で返すという自然な反応をはるかに上まわったのだ。

「おまえは誰だ?」

オマールは声を荒らげなかった。そういった類の男ではない。自制心を失わない。銃を振りまわして、ピート・ホフマンの頭を殴りつけているときでさえ。

「ぜひとも聞きたいものだ」

ふたたび殴られる。生えぎわの、額とこめかみのあいだを。

ホフマンの左右の頬に血が流れ、コンクリートの床に滴(したた)り落ちた。

「いったい誰なんだ——おまえを雇うなんて、俺たちが考えるとでも思ってるのか?」

揺らいではならない視線。

それを、この答えを迫る目に向けなければならない。

言葉を向けると同時に。

「俺が誰かだって？」

記憶にあるかぎり、ホフマンは毎回、最も目的に適した名前を使ってきた。数えきれないほどの人物になりすまし、ある人格で身体に忍びこんで、這い出す際には別の人格となった。刑務所でエリック・ウィルソンに声をかけられてからは、組織犯罪を暴くために潜りこむ、重大な犯罪歴のある潜入捜査員となり、〝パウラ〟というコードネームが与えられた。その後、逃亡を余儀なくされ、米麻薬取締局のスパイとして南米の麻薬カルテルを内部から解体する任務を引き受けると、ジャングルでは〝エル・スエコ〟、家族と暮らしていたカリの家では〝ペーテル・ハラルドソン〟となった。嘘、真実、その境界がどこにあるのかを判断するのは難しかった。そもそも境界線があることを心に留めておくのは。

いまは本名のひとつを使うつもりだった。尋問にも耐えうる完璧な素性をつくりあげるには、あまりにも時間が限られている。したがって、南アフリカの警備会社に雇われた際と同じ名前、同じ身分を用いざるをえなかった。犯罪ネットワークに潜入して以来、生まれながらの名前を名乗るのは、はじめてだった。

「ピート・コズロウだ」

オマールは銃で彼を殴った——またしても。煙草の煙を真っぷたつに割る水平の動き、右耳の真上に繰り出された一撃。

「ピート・コズロウだと？　何者だ？　なんで俺たちがこいつを使わなくちゃいけない？」

ライフルの照準器越しに見た五つの顔は、ホフマンの両腕、両脚を押さえつけ、彼を殴打している五人のものだった。そして、ついに密航組織の本部に六人目の人物が現われた。金庫のようなドアが開け放たれた、となりの部屋から。この五人がしきりに振り向いたり話しかけたりしていたものの、ホテルの屋根からは見えなかった人物。硬いヒールの足音がコンクリートの壁に反響する。それまでホフマンが床の上から見ていたスニーカーや、すり切れた紳士靴とは、まったく違う靴。もうひとりの組織のリーダー。見ただけでわかった。感じた。権力を持つ人物。金庫部屋に保管されている物と紙幣計算機の責任者。

硬いハイヒール、女性の靴。

小柄で、高級な香水の香りを漂わせ、ブラウスに長いパンツといういでたちで、金メッキの——まさか純金ではあるまい——フレームの眼鏡を肩の長さの黒髪の頭にのせている。三十、せいぜい三十五歳。その風貌は、ソフィアがストックホルム大学で経済学を勉強していたころの美しい同級生たちを連想させた。みな同じように目的意識が高く、勉強熱心だった。

会計士。

それが彼女の第一印象だった。

「それで、私たちがあなたを雇うべきだというの？」

静かな、ほとんどささやくような口調。

それに緑色の瞳。

彼女がかがみこんだ拍子に、ホフマンは気づいた。

「そうだ」

オマールの落ち着きとは違う。ふりをしているのではない。その必要はなかった。自分が優れていると自信を持つ者には必要ない。

「私は宗教を信じない。あなたは、コズロウ？　それが本名だとしたら」

「本名だ」

「私は宗教を信じない――イデオロギーも信じない。でも、何を信じるか、わかる？」

彼女はピート・ホフマンから目をそらさずに、オマールの机とＵＳＢメモリを指さし、ほとんど気づかないくらいの身振りで、コンピューターに接続し、保存されているファイルを開くよう仲間に伝えた。

「お金。私が信じるのはお金よ、コズロウ。あなたは？　オマールと私が、そもそもあなたを雇うかどうか検討する気になるほど、強く信じるものはある？」

ホフマンが答えようとしたとき、オマールが彼女を机に呼び、コンピューターの画面を見るよう促した。少なくとも、そう言ったとホフマンは推測した。アラビア語は、リビア訛りであろうと、ほかの訛りであろうと、ちっともわからない。ふたりのリーダーが画面に顔を近づけ、スナイパーライフルのウェブカメラで撮影された映像に見入っているあいだに、ホフマンは用心深く周囲を見まわした。

すべての作業台に新しいコンピューター。

きちんと整頓されたバインダーやファイルキャビネット。

机の上に広げられたエクセルの表。

裏社会のビジネスのご多分にもれず、収入と支出をきっちり記録しているプロの組織。

さまざまなメンバーが同じ目標に向けて協力し、それぞれが利益の分け前にあずかるための必須条件。不信から組織が崩壊するのを避けるために、すべてのメンバーの同意に基づいて流通する巨額の資金。東欧のマフィアがワルシャワの拠点で、そして北欧じゅうのパートナーの支部で活動していたのと同じように。南米の麻薬カルテルが、製造から輸送、売買に関わる無数の人員を束ねていたのと同じように。

「知りたいのか……」

「黙って」

「……俺が何を信じるのか」

「あとにして」

会計士は右手の人差し指を立て、服従を求めるマフィアのボスしかやらないようなしぐさをした。わずかに振って見せる。左、右、左。〝黙って床から動くな〟という意味だ。彼女は誰かがそうするのを見て、あえて真似したのか、それとも、このように上下関係のある組織では、そういうしぐさが自然と身につくものなのか、ホフマンには判断がつきかねた。

彼女はコンピューターに向き直り、頭の上のきらきら光る眼鏡をかけてじっくりと眺めた。画面がレンズに映る。ピート・ホフマンが撮影した三本の動画も――仰向けの体勢で見るかぎり――左右反転して映っているうえに、かなり縮小されていた。それでもじゅうぶんに鮮明で、会計士とオマールは言葉も交わさず、繰りかえし再生していた。一回。二回。三回。そして四回目にタイムラインマーカーを戻し、彼らの仲間が頭を吹き飛ばされるのを見て、オマールと妻が同じライフルのカメラで撮影されているのを確認すると、床に横たわった訪問者の主張が事実だと結論づけた。

「ずいぶん変わった方法で力を示すのね」

会計士はホフマンを見て言った。その目はあいかわらず冷静かつ尊大だったが、そこには抑制されながらもうごめく敵意、呑みこまれそうな暗い空洞も存在した――つい先ほどまでは、なかったものだ。

ホフマンを押さえつけている四人も、オマールと同様、彼を殺すのはわけないことだろう。

だが、ほんとうに危険なのは彼女だ。

「あなたが示そうとしているのが力なら」

ホフマンはわずかに首を振った。

「違う。力じゃない。そういうことではない」

「私たちを殺せると証明する、それはまぎれもなく力だわ。そしてオマールも、あなたの手の届かないところで銃を撃つことができる。そこに横たわっているあなたに向けて――力のない状態で」

ささやき声の英語は、オマールと同じく流暢で、文法的にも正しかった。ただし、強い北アフリカ訛りはない。海外で教育を受けたような話し方だった。

「そうするべきかしら、オマール？　引き金を引く？　できることを証明するために」

針金のように薄い唇で、少しばかり長くほほ笑んだ彼女は、躊躇なくそれを命じる人物に見えた——自分の力を証明するために。

「力じゃない——信頼だ。俺が示したかったのは」

「信頼？　いきなりここに来て……脅そうとして？　いいわ、わかった。こうしましょう——次にあなたの口から出てくる言葉が気に入らなかったら、オマールに引き金を引いてもらう。ほんとうに、引かせる。それが当然の成り行きだと、あなたももう理解している。でしょう？　それで、私の言葉が実行されたら、仕事で協力関係にある警察に連絡して、あなたが押し入ってきたと説明するわ。不法侵入。だから自分たちの身を守らなければならなかったと。そして、あなたの残骸を片づけるために、今週は清掃スタッフの給料を倍にする。信頼だかなんだか知らないけど、これ以上、何か言う前に、ほんとうにそのことをわかってる？」

すべてが決まる瞬間だった。

準備に時間を割けなかったものが、いま試され、判定される。

「ああ、あんたの言ってることはわかる。俺自身、金を信じてるからだ。そして、俺たちが手を組んで信頼しあえば、その紙幣計算機で数える金をもっと増やすことができる」

これまでは時間を味方につけ、警察と協力して、非の打ちどころのない状況設定を考えてきた。スウェーデンのハンドラー、エリック・ウィルソンは、逮捕歴を改竄(かいざん)してピート・ホフマンをパウラに変えた。そのうえ判決まで変更して刑期を延ばし、はるかに危険な犯罪の容疑者に仕立て上げ、彼がサイコパスであることを示唆する偽の精神鑑定書を作成した――潜在力を秘めた架空の人物を育て上げて。

だが、いまはそうした手段を講じることはできない。

それゆえ、別の顔を見せなければならなかった――偽の仮面と同じくらい、彼らの関心を引くものを。

本物の顔。

ただし、中身は偽の。

「信頼。それが協力になる。そして金になる。だが、どうやるのか、なぜそうするのか――それはふたりだけにしか話せない。あんたとオマールだけだ」

今度は、アラビア語が理解できなくても、ボディガードたちの言葉は明白だった。

〝どんなことがあろうと、彼と三人だけになってはいけません〟

「ふたり以外が全員、出ていかないかぎり、俺がここに来た目的を話すわけにはいかない。あんたもオマールも、なぜだかわかるはずだ。それに、あんたを殺すつもりだったら、とっくに殺してる……あの動画を見ただろう？」

薄い針金の唇が、ますます挑むような笑み、ますます黒い穴となり、彼女は開いた手のひらをオマールに差し出して、彼がリボルバーを置くのを待った。

「コズロウ……」

もはや、ささやき声ではなかった。さらに静かで、それでいて聞こえない言葉はひとつもなく、その部屋にいる誰もが彼女の意図することをはっきりと悟った。

「……やっぱり気が変わった。オマールに引き金を引いてもらうのはやめたわ」

何もかもが一瞬の出来事だった。

「自分でやることにしたから」

彼女はリボルバーの撃鉄を起こした。

「あなたも、あなたが言わずにいられないことも気に入らないから」

人差し指を静かに引き金にかける。

「だからコズロウ……」

そして引いた。力を込めて。

「……さようなら」

遠吠えのような銃声が、大きな部屋に響きわたった。

彼女はホフマンの右耳のあたりを狙い、弾は頬をかすめて傷つけた。

「これでわかったでしょう、ピート・コズロウ。私がどんな人間なのか」

あの静かな声が部屋の隅々(すみずみ)にまで漂い、彼女はもはや隠しきれない敵意のこもった目で彼を見た。そして、ふたたび撃鉄を起こすと、先ほどのオマールと同じように、彼の額に銃口を押し当てた。

「あなたの腕と脚を押さえている男たちは、部屋を出ていって、ドアを閉める。あなたはその場を動かずに、私もここからあなたを狙っているから、なぜここに来たのかを話して。興味深い話なら、そのまま話を続ける。そうでなければ、また撃つ。今度は銃を動かさない」

「彼が死んだのは、俺たちが知ってたからだ」

ピート・ホフマンは話しながら彼女の目を見ようとしたが、銃を構える手と腕に妨げられた。けれども、偽りを述べるにはむしろ好都合だった。限られた時間で考え出した嘘はすぐに見抜かれるため、通常は避ける。だがいまは、別の顔をつくるための唯一の手段だ。

「知ってた？　俺たちって誰？　何を知ってたの？」

「USBを入れていたポケットに折りたたんだ紙が入ってる。食糧の輸送を守っていた警備会社との契約書だ。嘘だと思うなら確かめてみろ。俺がそこで働いてると証明してくれるはずだ。俺たちは、あんたの一味が待ち伏せしてることを知っていた。どこに潜んでるか、どうやってトラックを攻撃して破壊するかも。あんたたちが食糧を木っ端微塵にして難民を増やすために、どんな武器を用いるのかもわかってた」

鋼鉄の銃口がさらに強く額に押しつけられる。

「どうやって？」

だが、引き金にかけられた指は動かなかった。

「どうやって知ったの？」

「この数カ月は毎回、事前に把握していた。出発の時点では、場所も方法も、人数だってわかってた。その証拠に、あんたたちは俺たちから穀物ひと粒すら奪えなかっただろう？」

「質問に答えてない。どうやって知ったの？」

「だから三人だけで話したいと言ったんだ——メンバーのひとりが情報をもらしている」

銃口が少しずつ皮膚に食いこみ、微量の血がゆっくりと顔を伝って胸に滴(したた)り落ちる。だが、彼女がもう一方の手の人差し指を立て、先ほどと同じく左、右、左に小さく振ってみせると、圧力がやや和らいだような気がした。

落ち着いた声でささやくあいだに、やや心配になり、無意識に権力を示すいつものしぐさをしてしまったのか。

耳をかたむけているのか。

彼がぶら下げている餌に食いついているのか。

「すべて知ってるのは、ルートを考えるボスが、みんな経験豊富な軍人だったからだ。元将校。情報を探して、真偽を見極めて、利用する。あんたのところの誰かがもらしている。だから俺を雇うべきだと言ってるんだ――逆にあんたたちに情報をもらす役として」

「誰なの？」

「さあね」

「誰だと思う？」

「わからない。いまはまだ。もっとも、たとえ知ってたとしても言わないがね。協力関係になるまでは」

深呼吸をすると、ピート・ホフマンは嘘の時限爆弾を手に続けた。

「いつもの任務から二週間の休暇を取った。全員、シフトを組んでいるんだ。情報屋に確かめてみるといい。だから俺はあんたのもとで、ここで働くことができる。言ってみれば試用期間だ。通常の仕事に加わりながら、俺の権限を利用して情報漏洩者を探す。二週間が終わって、俺を信用するようになったら、あんたを納得させられたら、そのままここで働く。そうすれば、食糧の輸送に戻ったときに、ルート、車や武器の種類、スケジュールを教えることができる。襲撃の成功に必要な情報をすべて」

二週間。

この嘘をつきとおさなければならない期間。

任務を遂行するために。

生き残るために。

「実際、ここ最近はあまりうまくいってないだろう？　トラックの襲撃は、ことごとく失敗に終わってる。だが、俺の流す情報さえあれば、また成功するだろう。何度でもな。そしてこれまでのように、食糧を木っ端微塵にして難民の数を増やすことができる」

ホフマンは不意を突かれた。

彼女はすばやく銃を額から離し、ふたたび銃身を頬に当てた。

そして引き金を引いた。

続く静寂は、無言で彼を見つめるオマールと彼女の無表情の沈黙とは関係なかった。あの不快な音——一発目の銃声以来、頭の中で響いていた単調な共鳴音——が、左耳の聴力が失われたせいで、とつぜん止んだからだった。

「いったい、どうして……」

彼女は、ホフマンのかすかに痛む額に銃を戻した。

「……いきなり押しかけてきて、自分の仲間を裏切ろうとする男をどうして信用できるというの？」

だが、今度はじっとしたままではいられなかった。ホフマンは顔の向きを変え、聞こえるほうの耳で彼女の声を拾わざるをえなかった。

「さっきも言ったが、俺はあんたと同じものを信じる。金を信じる」

「だけど、あなたとは違って、私は密告者を信じない」

「俺は、言ってみれば傭兵だ。腕を買われて雇われている——じゅうぶんな報酬がもらえれば。いまは、国連に委託された南アフリカの民間警備会社で仕事をしてるが、あんたに雇ってもらうことも可能だ。それで稼ぎを倍にすることも。それをどう思おうが、俺のことを気に入るかどうかはともかく、あんたにとっても稼ぐチャンスだ。俺のような男に部下を殺されずに済むから、人件費を節約できる。それに、前みたいに食糧の輸送を妨害して利益をあげればボロ儲け（もう）だろう」

いよいよだ。

もう一度。今度は彼女の番だ。

「どうだ？」

いましがたオマールが支配していたのと同じ瞬間――やるべきことをやり、言うべきことを言ったあとに、毎回訪れる瞬間。

「悪い話じゃないだろう。意見を聞きたい……」

その場しのぎの嘘が試される瞬間。

「……ふたりの」

吟味して、判断するための時間。

疑念が信頼に挑むあいだ、ピート・ホフマンはじっと彼女を観察した。プロセスは心得ていた。

あとは決断して、行動を起こすための時間だ。

そして、彼女は決断した。

引き金から指を離した。

銃を下ろして、収めた。

もはや銃は向けられていなかったものの、ピート・ホフマンは床に横たわったままだった。緑の目の女がこわばった笑みを浮かべ、あごの引っこんだ、もじゃもじゃのもみあげの男に顔を向けているのが見えた。ふたりの会話が聞こえてくるようだった。

〝こんなやつ、信用できない〟とオマール。

〝でも、使えるかもしれない〟と会計士。

〝その警備会社で働いてなかったら──死んでもらう〟とオマール。

〝彼の言うことが事実なら、──私たちにとって大儲けのチャンスだわ〟と会計士。

〝どうも胸騒ぎがする──危ない橋は渡りたくない。あいつはまぎれもなく危険だ〟とオマール。

〝その危険は冒すだけの価値がある──彼らが食糧輸送の警備を始めてからというもの、人員も資金も失っている。あの男のことはあなたに任せたわ、オマール。くれぐれも目を離さないで、うまく使うのよ〟と会計士。

　大きな窓から差しこむ光は、とても美しかった。会計士とオマールが煙草に火をつけると、煙がゆっくりと天井や太い鋼の梁のほうに立ちのぼる。

　ピート・ホフマンが立ち上がると、額からも頭からもこめかみからも血が滴り落ちてきた。片耳が聞こえないことに戸惑い、一瞬バランスを崩して倒れそうになり、机に手をついて身体を支えざるをえなかった。

　彼女が銃を下ろしてからは、誰もひと言もしゃべらなかった。

　沈黙はどんな意味にも解釈できる。

「それで？」

　ホフマンは、リビアで最も成功を収め、最も急成長を遂げている会社のリーダーふたりを見た。人間を金儲けに利用する会社のトップ。

「十四日。そのあいだに様子を見させてもらう」

　彼女はあいかわらずささやき声だった。吸っていた煙草を消し、新しいのに火をつけた。だが、煙はそれほど高くは上がらず、くるくるまわっていた。その光景も美しかった。

「私たちに見せた動画で、あなたは男を撃ち殺した。その代わりを務めてもらう。給料は、未亡人や五人の子どもと分配して支払うわ。四十時間後に、ここを出る次の漁船に乗って。出発は毎回、午前零時。満員で、乗客は空腹――だから何が起きてもおかしくない。以前は船を待つあいだに食べ物を支給していた――そうすることで、自分が大事に扱われてると思わせたの。旅は安全で、すばらしい世界が待ってると。そのうちに噂が広まって、さらに多くの人を旅に駆り立てた。でも、もうその必要はない。みんな死に物狂いで金を払おうとするから」

二台のコンピューターのディスプレイのあいだに、ナプキンが置いてあった。ピート・ホフマンは何枚か取って、出血の止まらない頭の傷に強く押し当てた。

「あなたの初仕事よ、コズロウ。そして、一度でもミスをしたら最後になる」

潜りこんだ。

彼らはその場しのぎの嘘に耳をかたむけ、判断し、とりあえず信じることにしたのだ。衝突、対決。その結果、実情を暴こうとする犯罪ネットワークへの扉が開いた。だが、準備期間が短いということは、自分も正体を暴かれることを意味する。そのときのために確実に備えておかなければならない。

その瞬間は、ほかならぬ死刑宣告だから。

彼の死刑宣告。

またしても。

もう少しだけ早足で歩いていたなら。

「エーヴェルト？」

「エーヴェルト、待ってください」

コーヒーの自動販売機とコピー機を通り過ぎ、さらにいくつかドアを過ぎて、廊下の突き当たりの階段とエレベーターへと向かう。あと五、六歩ほど全速力で進めば……。

「エーヴェルト・グレーンス。戻ってきて、進捗(しんちょく)状況を聞かせてください」

グレーンス警部は衝突を避けるタイプではなかった。それどころか、日ごろは自分からぶつかっていく。そうする必要があった。少なくとも一日に一回は。あれは数年前の夜遅い時間だった。難航していた捜査で、皆ぐったりしたりして彼のオフィスに集まっていたときに、グレーンスは自分のそうした気質に気づいて、スヴェンとヘルマンソンのために言葉にした。〝自分でも驚いたが、どうやら俺は、喧嘩(けんか)をしたあとのほうが気分がいい。血が全身を駆けめぐって、より自分らしく、生き生きとしていられる。おかしいか？〟

「エーヴェルト？　まわれ右。戻ってきて」

だが、この衝突はまったく望んでいなかった。

時間もエネルギーもない。いまは。

ピート・ホフマンに関する衝突。

「十分でいいです、エーヴェルト。現在の状況について、簡単に報告してください。これまで判明したことについて。あなたを捕まえようと必死になっている記者からの伝言が、机に山積みになっている。どうせゴミ箱行きでしょうが――あなたのオフィスで、この目で見たんです――すべて私が対応しなければなりません。報告が終われば自由です……どこへ行こうと」

部署の廊下があと少しで終わるというところで、グレーンスは上司に呼び止められた。エリック・ウィルソン。長年にわたってピート・ホフマンのハンドラーを務め、ホフマンを少しずつ世界でも指折りの潜入捜査員に育て、いまなお彼に最も近い警察官。そして、スウェーデンに帰国して最も新しい服役を終えたのち、ピート・ホフマンが二度と罪を犯さず、自分も家族も危険にさらさないと誓ったことを知ると、このうえなく美しいほほ笑みを浮かべた人物。それゆえ、直属の部下のひとりであるエーヴェルト・グレーンスが海を渡り、完全な独断でホフマンを一時的に潜入捜査員に戻したことを知るべきではない唯一の人物。

「いま行く」

そういうわけで、コピー機とコーヒーの自動販売機を通り過ぎて、エリック・ウィルソンの部屋の開いたドアまで戻り、集団墓地のこと、スウェーデン国内に難民の密航で利益を得ている人物がいること、その人物が捜査の焦点であることを上司に報告しはじめたときに、グレーンスは何はともあれ西アフリカまで行ったことや、自分たちの共通の知り合いと話し合いの場を持ったことには、いっさい触れないようにした。これは少しばかり皮肉な状況だった。というのも、エリック・ウィルソンこそ長年、ピート・ホフマンの人生を守り、隠すためには戦いも辞さない立場だったからだ。彼はホフマンがスウェーデンでマフィアの死の宣告から逃れられるように、コロンビアへの逃亡を手助けした。さらにはグレーンスを説得して、ホフマンと家族の命を守るために南米にまで行かせた。皮肉なのは、今度はウィルソンの仕事を引き継いだグレーンスが、ホフマンを犯罪組織に潜入させ、警察のために命を危険にさらさせているからだ。〝ウィルソンがどれだけかかったか、知ってますか？ 四カ月です。ところがあなたは、二十五分間の話し合いを二回しただけで、またしても潜入捜査員となることを俺に了承させた〟。なぜならエーヴェルト・グレーンスは――ホフマンに言わせれば――ウィルソンの仕事においては、ある意味では彼よりも優秀だからだ。

「以上ですか、エーヴェルト？　港、海運業者、地下道、遺体安置所、遺体を調べていると？」

「ああ、以上だ」

エーヴェルト・グレーンスは、設備の整った上司のオフィスの入口に立ったまま、エリック・ウィルソンの目を見た。視線を受け止めた。ウィルソンをはじめ、他の潜入捜査員や情報提供者のハンドラーが長年やってきたことを非難したにもかかわらず、自分も同じことをしているのだ。嘘をついた。情報を伏せた。同じ警察本部の廊下で嘘と真実をないまぜにした。

「では、記者会見はできるだけ俺やこの建物から離れた場所でやってくれ、ウィルソン。じゅうぶんな時間をもらえれば、この街、あるいは少なくともこの国のどこかで死者を食い物にしている、とんでもないやつを見つけてみせる」

上着に隠された衛星電話から、ふたつの指紋を採取した鑑識官のニルス・クランツには、当面のあいだ公表しないよう個人的に要請していた。その指紋を鑑定して、ピート・ホフマンという名の元四人と百パーセント一致すると確認した若い鑑識官にも。さらに、スヴェンとヘルマンソンのオフィスを個別に訪ね、ドアを閉めたうえで、自分が西アフリカまで行くことになった経緯については黙っているよう念を押した。

「じゅうぶんな時間ですって？　どういう意味です？　あなたの捜査班を解散させて、エーヴェルト、もっと大きなチームを結成するまでに、どれだけぼんやり座ってろと言うんですか？　七十三人もの死者を出した未解決の殺人事件は、日に日に、記者会見を開くたびに、疑問の数が増える傾向にあるんですよ」

「二週間」

「二……週間？」

「そうだ。それだけあれば、容疑者の名前を突き止められる。逮捕すべき人物を。心置きなく調べさせてもらえれば。俺のやり方で」

「それで、エーヴェルト、そのスケジュールの具体的な根拠は？　二週間というのは、市警本部長がマイクの前に立って〝捜査はうまくいっている〟と繰りかえすには、とんでもなく長い期間ですよ。とりわけ、それが事実でない場合には」

あんたの保護を受けている友人。

ピート・ホフマン。

いまも、今後も報告するつもりのない、ただひとりの協力者。

「根拠は衝突だ。対決」

「なんですって?」

「部下の並はずれた能力」

「よくわかりませんが、エーヴェルト」

「わからなくてけっこう。俺を信用してほしい、ウィルソン。おまえ自身、ハンドラーを務めていたときに、それがいかに大事か学ばなかったか?」

数分後、グレーンスは無事に警察本部を抜け出して、車を発進させた。ダッシュボードのメーターによれば、ホフマンの自宅と、ソフィア・ホフマンと息子たちの学校があるエンシェーデまでは、ほんの八キロだった。しかもこの時間帯は、都心部から郊外へ向かうセーデルレーズ・トンネルとヨハネス橋とニーネース通りはがらがらで、ほどなく、彼はどの学校でも似たり寄ったりの校庭に降り立った。右側には、中学校とカフェテリアが入っている二階建ての赤煉瓦(れんが)の校舎と管理棟、左側には、おそらく低学年用の平屋の校舎、そして中央にあるのは、一時的に必要となって建てられたが、結局ペンキを塗り直し、十年後もそのままになっているような類の建物だった。グレーンスはそこへ向かった。途中、アスファルトの中庭で足を止め、二チームに分かれてボールを投げあっている子どもたちを見つめた。半世紀前に、彼も同じ遊びをよくやっていた。それが時代に淘汰されず、電子機器やゲーム機から聞こえるデジタル音声に取って代わられていないのを見て、どこかうれしくなった。

ふたたび歩きかけて、ふと見覚えのあるものが目に留まった。見覚えのある人物。父親とそっくりの動き方——グレーンスに気づいた、その九歳の少年が、無意識に真似ているかとさえ思えた。

ヒューゴー。

あれから一年が経ち、すっかり大きくなったが、たしかに彼だ。

エーヴェルト・グレーンスは右手を上げて挨拶（あいさつ）したが、何も返ってこなかった。少年はこちらの存在に気づいていたし、誰かもわかっていたが、わからないふりをした。

ヒューゴーの母親のソフィア・ホフマンは、中央の建物にある小さな教室のどこかにいるはずだった。ここに向かう途中で電話をかけた際に、職員室の親切な女性がそう教えてくれたのだ。廊下を進みはじめると、わずか数歩で、まぎれもないカビのにおいを感じた。閉まったドアを数え、北側の四番目の前で止まる。そのドアには小窓がついていて、ガラスの真ん中に、ホワイトボードの前に立っているソフィアが見えた。真っ赤な文字で何かを書いたかと思うと、布で消し、ふたたび書きはじめる。フランス語——グレーンスにわかるのはそれだけだった。十人分の席がある教室に、全部で七人の生徒がいた。彼女の頭上の時計は、授業があと五分で終わることを示しており、グレーンスはそれまで待つことにした。その場に立ったまま、パントマイムのように音もなく動く口や、言葉では伝えられないことを説明する両手を眺めていた。

彼女から目が離せなかったのは、おそらくそのせいだろう。ほんとうの彼女に気づいたから。

自宅の玄関でぎくしゃくして言葉を交わした際には気づかなかったことに——いまとなっては疑う余地はなかった。

ベルが鳴った。小さな美しいメロディ。自分の学生時代の記憶にある、やかましいだけの音とは似ても似つかない。

七人の生徒。全員が男の子。スウェーデン語でもフランス語でもない言葉でしゃべりながら、横を通り過ぎていく。校庭にいる生徒よりも年上だった。子どもの年齢に関しては、グレーンスは自信がなかったが、おそらく十四歳、せいぜい十五歳くらいだろう。

「邪魔するよ」

ノックはせず、彼女が机の上に散らばった紙を集めているところに、いきなり入っていった。

「グレーンスさん？」

「とつぜんすまない。またしても。だが、話したいことがあるんだ。ふたりきりで——もう一度」

彼女はあまりうれしそうではなかった。かといって、前回のようにストレスや不安、怒りを感じている様子もなかった。疲れていた。悲しそうだった。彼の姿を見るなり、そんな空気を発した。

「わかりました」

彼女は誰も座っていない机を示した。座る場所は、そこしかない。しかたなくグレーンスは最前列に身体を押しこめた。机だけでなく椅子も低すぎたが、うまく身をかがめれば、痛む背中やこわばった脚に負担はかからないだろう。

「前回は気づかなかった。あんたの家の玄関では。あのときは何もかも……うまくいかなかった。そもそも訪ねたこと自体が。だが今日は、あの窓から姿を見せてもらったよ。横から見たら、すぐにわかった」

「なんのことですか？」

「あんたの身体の状態だ、ソフィア」

彼女はうつむいた。長いあいだではないが、じゅうぶんだった。そして一瞬、はにかんだように見えた。

これほど気の強い性格には、似つかわしくない反応だ。

「おめでとう、ソフィア。そうだろう？」

「見ただけで……わかったんですか？　ほとんど変化がないのに？」

「ああ。立ってる姿勢、動き方、それに呼吸のしかたで」

ソフィアは彼をしげしげと見つめた。はにかんだ表情は消えていた。

「あなた以外は誰も知らないんです、エーヴェルトさん」

「どういうことだ？」

「子どもたちも……ピートでさえも、まだ。休暇で帰ってきたら知らせるつもりでした。ほんとうは昨日、帰ってくるはずだったんです。でも帰ってこなかった。予定外の仕事で……」

今度はグレーンスが顔をそむける番だった。

恥ずかしさで。

「わかってください。まだほんの初期なんです。三カ月に入ったばかり。自分でも気づかなかったくらい」

グレーンスの目には、ソフィアが困惑しているように映った。それでも、話しながら、お腹を包みこむように手を当てている。

「黙ってると約束してください、エーヴェルトさん。誰にも知られたくないんです」

エーヴェルト・グレーンスはうなずいた。秘密を共有するということに、一瞬だけ胸が躍った。理由はわからなかったが。

「約束する」

子どもがもうひとり。このうえなく自然なことだ。

「平穏」

「なんのことだ?」

「毎日の生活。ピートは、もう潜入捜査は行なわないと約束しました。もう誰かが死ぬことも、混乱することも、逃げることもないと。警察のために命を危険にさらすことはないと。それを聞いて、決めました。というより、私の身体が決めたんです。もうひとり赤ちゃんを産もうと。ピートはずっと前から欲しがってたけれど、無理でした。つくるわけにはいかなかった。年齢のこともあったし……でも、ほんとうはそうじゃなかった。平穏。もう二度とあんなふうに暮らさないで済む。そう思うと、リラックスできたんです。もうひとり――なんと言えばいいのか、ばかげてるかもしれないけど、この赤ちゃんは偶然の象徴のような気がして。すべての。ピートの約束。私たちの新たな生活の。わかってもらえますか、エーヴェルトさん?」

グレーンスは、またしてもうつむいた。またしても自分を恥じて。別の感情が生じるまで。

「つまり俺は……」

誇らしさ。

「……あいつ、あいつより先に知ったのか？」

ソフィアはうなずいた。

「ええ、夫よりも先に。これからはもうお互いに隠しごとをしないって決めたのに」

小さな机は、ひどく座り心地が悪かった。硬材の板でできた座面と背もたれが、硬い金属のパイプでつなぎあわされている。生徒たちがどうやってじっと座っていたのか、グレーンスには理解できなかった。彼自身は前後に身体を揺らしたり、手足を伸ばしては、すぐにまた伸ばしたりと、ひっきりなしに動かずにはいられなかった。

「ソフィア――」

「なんですか？」

「おとといのことだが」

「それが何か？」

「そのことで、もう少し話さないといけない」

彼女はグレーンスを見た。もはや恥じらいは影も形もなく、記憶にあるとおりの強くて有能で、恐れを知らない女性だった。

「あなたはピートを探してた。だから、彼のホテルの名前を教えた。それで話は終わったはずです」

冷たい声だった。それまでの親密さが嘘のように。

「まだ終わってない」

「あのとき言ったはずです、エーヴェルトさん。もう一度、言います——これ以上、私たちの人生に関わらないでください」

「終わってない。まだ話してないことがあるはずだ」

「何について？」

グレーンスは耐えきれずに立ち上がった。背中も脚も、小中学生に戻ることは不可能だった。

「あんたの家を訪ねたときに、俺が喉の渇きを感じていたのを覚えてるか？　あの前日は夜通し働いていた。地下道を通って、ヴァータハムネン港のコンテナにたどり着いて、時間をかけて殺された七十三名を発見した。そして残念ながら、あんたはその件に関わってるようだ」

「何を言ってるんですか？」

彼女の驚きは演技ではなかった。

四十年間、頑なに口を閉ざした狡猾な犯罪者を尋問するうちに、エーヴェルト・グレーンスは、言葉よりもはるかにはっきりと嘘を示す微細な表情を読むこつを習得していた。

ソフィア・ホフマンは、彼がなんの話をしているのか、まったく理解していない。

「エーヴェルトさん、何を言おうとしてるんですか？　いったいなんの……」

「西アフリカの難民の遺体が詰まったコンテナだ。そのことで、まだ俺に話してないことがある」

「何について？　あなたに何を話すというの？　おとといの朝、あなたがわが家の玄関に来たときには……もう二度と姿を見せないと約束したのに。とにかくそのときは、まだ新聞を読んでいませんでした。あの日から大騒ぎになっているけれど。それに、たとえ知ってたとしても、私には関係のない話です」

「あんたは親と離ればなれになった難民の子どもたちに教えてる」

「ええ。でも……」

「いま教えてたのも、難民のグループじゃなかったのか？」

「あなたにも、あなたの捜査にも関係ありません」

「いや、あるんだ。犯人の正体と手口を知りたい」

エーヴェルト・グレーンスは教室に入る際に用心してドアを閉めたが、ほんとうにきちんと閉まっているか、もう一度確かめた。音は遮断されている——少女がふたり通り過ぎたが、足音も聞こえなかった。この会話は録音もしていなければ、メモも取っていない。あくまでふたりだけのものであり、そのことをソフィアにわかってもらいたかった。

「あんたが、ある難民のカップルを助けてほしいとピートに頼んだことはわかってる。彼らはリビアのズワーラという港町から船に乗るために、金を支払うところだった」

ソフィアは何も言わなかった。困惑顔で彼を見つめるばかりだった。

「だが、それはふつうの旅ではなかった——ふたりはヨーロッパへ密航し、スウェーデンに密入国する予定だった。その際に、あのコンテナの中で窒息死した。彼らの上着の一枚に縫いこまれた電話から、ピートの指紋が検出された。ピートはなぜそのカップルを助けたのか、納得のいく説明ができなかった」

ソフィア・ホフマンは、いつも美しかった。四十近くなり、目元や口元に人生の経験を感じさせるしわがわずかに現われ、よりいっそう美しさを増していた。だが、狭い席から立ち上がった彼女の表情は一変していた——こわばり、青ざめて、恐怖とパニックでほとんど歪んでいる。

「エーヴェルトさん……何を……わからない。さっぱりわからない。何が言いたいんですか?」

「俺が言いたいのは、こういうことだ――あんたの家の玄関に押し入って、ピートについて尋ねたときに、何も知らなかったのはわかってる。だが、だとしても、洗いざらい状況を説明してもらうまではここを動くつもりはない――いったいどういういきさつで、あの死亡したふたりの難民を手助けするようピートに頼んだんだ?」

「あの難民のカップルが? あのコンテナに?」

「そうだ。誰の依頼で、彼らを手助けするようピートに頼んだのかを知りたい。具体的な名前を知りたい。そこから別の人物の名前か、少なくとも特徴を割り出せるかもしれない」

「あの難民のカップルが?」

「ああ」

「あのコンテナに?」

それ以降、彼女の言葉は聞こえなくなった。ソフィアはホワイトボードにもたれ、ゆっくりと滑り落ち、曲げた膝(ひざ)のあいだに頭を埋めて床に座りこんだ。泣いていた。

はじめは用心深く、身をわななかせ、やがてさらに激しく。肩を震わせながら、遺体安置所で子どもに対面した親のような声をあげて。

グレーンスは居たたまれなかった。気まずかった。何をどうしていいのか、わからなかった。コロンビアから帰国する際に、信頼と、ある種の親近感のしるしに何度か抱擁したものの、今回はまったく喜ばしいことではない。腕に手を置くのも、髪を撫でるのも、抱きしめるのも、何か違うような気がした。

だから、泣くのを黙って見守った。涙が止まるまで。

「私の生徒。男の子」

ソフィアは頭を垂れたまま床に座っていたが、口を開くと同時に彼を見上げた。消え入りそうな、か細い声だった。グレーンスは壁に掛けられた丈夫な金属のホルダーから、最後の一枚のペーパータオルを引き出して渡した。

「どうやってここに来たのか、話を聞いたんです。ふたりでいるときに。個人的な会話で。生徒と親しくなるために、ときどきそうやって話します。ふたりきりのほうが、リラックスできるから。そうでないと……みんなとても、なんというか、〝構えた〟感じになってしまうから。人の目があると」

ソフィアがペーパータオルで目を拭くと、ごわごわした紙はすぐに水気を含み、マスカラで黒い染みができた。

「あの子は十四歳で、旅のことを残らず話してくれました。最初はトラックの荷台に乗って砂漠を横断して、それから満員の漁船で地中海を渡って、またセミトレーラーの荷台に乗って、コンテナでバルト海を渡ったと。その次に話をしたときには、若い女性のことを打ち明けてくれた。従姉（いとこ）で、婚約者といっしょに、同じようにしてこっちに来ることになったって。とっても喜んでた。だけど心配もしてた。ふたりに何かあって、けがでもしないかと」

ソフィアが立とうとしてよろめいたので、グレーンスは手を差し出して、そっと引っ張り上げた。彼女は適当な場所を探したが、結局、その場でホワイトボードにもたれ、今度は立ったまま続けた。

「ピートや警備会社のほかの人が、その生徒の話していた港町に立ち寄ることは知ってました。それで、ちょうどタイミングよく、同じときにその町にいるとわかったんです。ピートは若いカップルに付き添ってくれることになりました。私のために。というよりも、私の生徒のために」

「今度は俺がその生徒と話をしたい」

エーヴェルト・グレーンスは、この状況にふさわしい口調で話すのに苦労した。ついいままで、彼女は悲しみと、おそらく罪悪感で泣いていた。彼女のことは知っている。その人となりにも、愛する男性のためにしたことにも感服していた。だが、ここには警察官として来た。そして殺人犯を捜している。答えが欲しかった。見つける必要があった。

「ふたりきりで。あんたと同じように」

彼女はショックを受け、混乱し、頭が真っ白かもしれない。だが、だからといって状況は変わらなかった。

「だめです」

首を振った彼女は、威厳と確信に満ちていた。

「ふたりきりで話すことはできません。名前も教えられません。彼から聞いたことは――誰にも言わない約束なんです」

「これは大量殺人の捜査だ」

「彼を問いつめても無駄です。あなたは、まさに彼が避けるべきだと学んだ存在だから」

「強制することもできるんだぞ、ソフィア」

「何ひとつ強制できないわ。私も逃亡生活を送ってたんです。だから、よくわかる。あの子と同じように、なりふりかまわず自分に残されたものを守ろうとしてきた。何があっても、ぜったいに奪われないように。それが私です。ほんとうの。私なんです、エーヴェルトさん」

彼女が防御から攻撃に転じたのは、その瞬間だった。

ふいに背筋をやや伸ばし、頬にはふたたび赤みがさし、頼りなかった声は毅然(きぜん)とした口調になった。

「やっとわかったわ」

新たなソフィア・ホフマンは、床に座りこんだりはしなかった。それどころか、一歩前に出た。

グレーンスの目を見つめるだけでなく、深く射抜いた。

「でなければ、ピートが私の名前を口にするはずがない。私の役割を」

彼女は腕を上げ、グレーンスに人差し指を突きつけた。

「彼と話すだけだと言ったのに、それだけじゃ済まなかった。現地へ行ったんでしょう、エーヴェルトさん！　私が教えたホテルに。そして、彼に何かを命じた。ピートを向こうに留まらせたのは、あなただった。彼に電話をさせて、臨時の輸送が入ったと言わせたのは。彼に嘘をつかせたのは。私たち夫婦は、もう二度と嘘はつかないと誓ったのに」

ソフィアはグレーンスをひっぱたいた。

彼に指を突きつけていた手で。

頬がひりひり痛んだ。

「ほんとうなら夫は二週間の休暇で、いまごろ私や息子たちといっしょに家にいるはずだった。なのに、はるか遠くで、あなたにやらされたことをしている。あなたの仕事を。あなたのために！」

彼女はまたしてもひっぱたいた。

今度は反対側の頬を。

いまや両頬が焼けつくようだったが、グレーンスは動かなかった。ソフィアに非はない。自分はそれだけのことをした。

「彼に何をさせてるんですか？」

「あんたに頼んでることと同じだ。人間の風上にも置けないやつを突き止めるために、ひと肌脱いでもらっている」

「彼が危険にさらされているのかどうか、知る必要があります。聞こえてますか、エーヴェルトさん？　ヒューゴーとラスムスの父親が危険な目に遭っているのか、けがをしていないかどうか。あなたのお手伝いをしているあいだに」

ソフィアは目をそらした。突き刺すような視線を受け止めずに済んで、グレーンスはほっとした。彼女は、ほとんどが窓で占められた壁を見つめていた。校庭のほうを。休憩時間だった。外で、彼女の子どもたちが駆けまわっている。ピートの子どもたちが。

「あの子たちは、いままで以上に彼を必要としています。とくにヒューゴーは。彼には父親が必要なんです」

やがて、その目はふたたびグレーンスを射抜いた。ソフィアは彼を見つめた。心の中をのぞきこむように。

「わかってもらえますか、エーヴェルトさん？　私の言っていることが、わかりますか？」

「ピートに頼んだのは、あんたが助けようとした、あの若いカップルを窒息死させた犯人を捜す手伝いだけだ。この無限の連鎖で暴利を貪っている」

エーヴェルト・グレーンスも窓に向き直って校庭を見た。

「だから、ソフィア……」

彼女がすべてを知らないほうが、事は容易に運ぶ。

「……危険はまったくない。彼は名前を調べている。それだけだ。保証する──危険な目には遭わないと」

ズワーラの港のでこぼこした石の埠頭の突端で、ピート・ホフマンは足の裏の体重を移動させ、わずかに身体を揺らしていた。かかとから爪先へ、そしてふたたびかかとへ。あと半歩前に出れば、きらめきを放つ透きとおった紺碧の地中海に落ちるだろう。

周囲を吹き荒れる風は強情な熱とぶつかりあい、肌に触れるころには勢いを失って、ほとんど穏やかに感じられる。

彼は目を閉じた。

塩の粒がそっと顔に張りついた。くちばしの長いカモメが数羽、彼に向って甲高く鳴いた。

息を吸うと心が落ち着いた。

自分がなぜそこにいるのか、忘れてしまいそうだった。

「コズロウ」

ハイヒール、高級な服、黒髪に金の王冠のごとく金縁の眼鏡(めがね)をのせた、小柄ですらりとした女。

引っこんだあごに、もじゃもじゃのもみあげの、痩(や)せ型で思いのほか肩幅の広い男。

会計士とオマール。

数百メートル離れた波止場の端で、両側にボディガードをひとりずつ従えている。

「行くわよ」

会計士の英語は、ホフマンが本部の床に押さえつけられていたときよりも、さらにオッ、クスブリッジ風に聞こえた。それに対してオマールは、ぎこちなく、ますます聞き取りにくい北アフリカ訛(なま)りで彼女の命令を繰りかえし、大げさにわめきたてた。

「急げ、コズロウ。すぐに行くぞ」

ピート・ホフマンは少しずつ目を開いた。見わたすかぎりの青。さらにその先も青。

次回の出航に備えて、ズワーラの港をまわり、密航組織の輸送船や格納スペースの場所を確認している最中だった。難民たちは深夜零時に船に乗りこみ、外洋に出てヨーロッパへ向かう。目を凝らせば、あの果てしない青の向こう側にいまにも見えそうな地へ。組織は片ときもホフマンから目を離さず、つねに監視下に置いていた。それだけに、入念な準備ができなかったせいで、ふだんにも増して危険性が高いのは明らかだった。ほんの些細(ささい)

な失敗が命取りとなる。しかも彼が、この任務が、すべてが崩れ去るのは時間の問題で、そのときに備えることが何よりも大事だ。しばらくひとりで考え、計画を立てる時間が必要だった。だから、埠頭に立って海を感じたい、波を見たいと言った。かまわないだろうか？　会計士はわずかにうなずいた。もちろん。姿が見えるかぎりは。利益をもたらすはずの人物を自分たちが見張れるように——食糧輸送を警備する南アフリカの会社で働いていることは裏づけが取れたが、ほんとうは誰なのか、協力することでどんなメリットがあるかは、いまだ未知数の人物を。

風がわずかに髪を逆立たせる。海水の最後の数滴が額や頬にかかった。

準備ができたホフマンは、彼らが苛立たしげに待っている場所を振りかえった。通常の潜入捜査で、メモを取ったり、写真に撮ったり、言葉を発したりできない状況で行なうことをした——頭の中に地図を描いた。誰の目にも触れない地図。正式な臨港道路と日常的に使われる抜け道を記憶し、格納庫とクレーンと柵の距離を見積もり、つねに移動しているように見える車やトラック、港湾労働者を数え、小型ボートと漁船と、どちらかといえば〝大型船〟に分類される二隻をチェックした。

逃げるときに備えて。

場所および手段を把握しておく必要があった。

「あそこだ」

彼らはふたたび港の西側へ向かって歩きはじめていた。オマールが指さしたのは、陸に引き上げられ、おんぼろの木製の台車にのせられた、塗装の剝げた漁船だった。

「とくに客の数が多いときに使う予備の船だ。定員は二百五十人。少なくとも、そうだな、三十回は海に出ている」

「三十七回」

オマールの言葉を訂正するのに、会計士には書類もコンピューターも必要なかった。

「乗客数の平均は二百四十四名」

「一度に……あれに？」

ピート・ホフマンの目の前にあるのは、子どものころ、ストックホルムの多島海に浮かぶ島々を行き来するのを見た釣船と変わらない大きさの船だった。定員が二十、多くても二十五人の。

会計士は眼鏡を直した。思うように髪が留まらなかった。

「ぎっしり詰めれば二百四十四名でも問題ないわ。燃料と人件費を計上すれば、難民が増えるたびに純利益がプラスになるから」

次に足を止めたのは、それほど古めかしくはないものの、先ほどと似たり寄ったりの船の前だった——鮮やかな青と白の船体の塗装が剝がれかかり、船首にやや丸みを帯びたキャビンのある漁船。窓には、かつてはガラスがはめこまれていたが、いまは隅に破片が残るばかりだ。船尾には鉄パイプを組み合わせた台のようなものがあり、おそらくビニールのカバーを取りつけて、風雨よけにするのだろう。

「これは最近購入したの。一万ドル、わずか一年前の倍額よ——だけど、私たちが売るチケットと同じで、需要が高まれば価格も上がる。そして優秀なビジネスマンは、そのチャンスを逃さない」

会計士はかすかに笑ってみせた。ちっとも楽しそうではない、心を閉ざしたその笑いを、ホフマンは見たことがある。犯罪組織のトップにのし上がった者たちに特有の表情だ。黙って人差し指を左右に振るしぐさ、そしていまの冷ややかな笑み——こうした犯罪者の階層型組織には、権力を示す万国共通の言語がある。人身売買で稼ぐ者が、それぞれ独自に発展させた権力を示す言語だ。

「この海岸には、網と獲物で勝負する真面目な漁師はいない——沈没した船を運んできて、私たちに売れば、数年分の稼ぎを手にできるんですもの」

ホフマンは視線を合わせようとした。

だが、その笑みが邪魔をした。

「明日の晩。つまり……」

彼女は電話に目を向ける。

「……三十六時間後。この船が出航する。あなたもいっしょに、コズロウ」

彼女は波が来るたび埠頭に打ちつけられて軋む船に近づくと、身を乗り出して、船の手すりに手を伸ばした。

「うちは、言ってみればニッチ市場を狙った旅行会社よ。セールスポイントはドイツとスウェーデン。それが他社とは一線を画している。だから難民たちは、お金を握りしめて列をなす。私たちは彼らを夢の国へ連れていく——ふつうなら行けない、このうえなく魅力的な目的地へ」

そう言って、彼女は船を軽く叩いた。愛情を込めたように。船体に触れた手は、繁殖馬を撫でる牧場主のようだった。

「旅は最後まで手配するわ。支払いが済めば、何も心配することはない。私たちがあらゆるディテールをフォローする。ここからミュンヘンでも、ベルリンでも、ストックホルムでも、すべての行程が含まれているから。そのことは難民もわかっている。彼らはそうしたサービスを求めているの。自分からうちを選んでいるのよ。ハンガリーの国境で足止めをくらったり、チェコとかポーランドといった、難民受け入れの分担を拒んでいるEUの国で放り出されたい人なんて、いると思う？」

会計士は誇らしげな顔つきだった。難民の密航を投機的事業と言いきるときの笑みは心からの温かなもので、〝ニッチ〟や〝ディテール〟〝セールスポイント〟といった用語を口にするときの唇は、引き結ばれていなかった。

「ところで、あなたは……スウェーデン人じゃないの？」

「そうだが、いまはここで働いている。アフリカで」

「前に、オマールといっしょに首都を訪れたことがある。ストックホルム。水にあふれた美しい街ね。ここと同じように」

ストックホルム。

ホフマンの故郷の名前に対して、彼女の声や目、唇はビジネス用語と同じ反応を示した。温かさや誠意をにじませて。ストックホルムは金なのだ。ストックホルムは、一連のプロセスの終点なのだ。会計士とオマールの旅は、スウェーデン側の窓口役と会うためだったにちがいない。ことによったら彼らの客が船から降ろされ、スウェーデンへの旅が終わる現場で。ふたりとも窓口役の人物を知っているはずだ。

そしてホフマンは、その情報の在りかは見当がついた。分け前を要求するさまざまなメンバーのあいだで不信や分裂が生じるのを防ぐために、プロの犯罪組織が保管している記録。

本部。

最初にライフルの照準器越しに観察した、煙に包まれた事務的な部屋――あの新しいコンピューター、バインダー、ファイルやエクセルのプログラムのどこかに、エーヴェルト・グレーンスの探している名前が隠されている。ピート・ホフマンの任務が。

三十分かけて、残りのエリアを見てまわった――ツアーの最終目的地が、西側の端にある格納庫のような大きな建物であることは明らかだった。船に積む前の貨物を保管するために建てられた倉庫で、この立派な設備のおかげで、かつてここは北アフリカで最も重要な港町のひとつだった――いまは別の貨物が積みこまれるのを待っている。

だが、まだそこにはたどり着けなかった。

彼らは造船所の前で立ち止まり、手を油だらけにした作業着姿の男たちに声をかけた。組織が最近購入したもう一隻の漁船が、そこで修理されている。航海に耐えうる状態になれば、ハンガー・シーズンで爆発的に増えている需要に応えるべく、すぐさまフル回転することになるだろう。と、そのときパトロールカーから制服姿の男がふたり降り立ち、まっすぐ会計士に近づいてきた。彼女は笑いながら長い髪を払って香水の香りを振りまき、ふたりをわきへ連れ出した。港のツアーに出る前に、ピート・ホフマンは彼女が例の金庫部屋に入り、紙幣計算機から取った札を六枚の茶封筒に入れるのを見た。彼女はそれを男たちに渡していた。封筒は、ふたりの警察官の上着の内ポケットにすっぽり収まった。世の習いに従って、新たなシステムに順応し、生計を立てるために賄賂を受け取る公務員。コロンビアの麻薬のジャングルでも、ポーランドのアンフェタミン工場でも、同じ光景を見た。組織犯罪の単純なルールだ――自分がうまくいけば、相手もうまくいく。成功の恩恵にあずかれると思っているかぎり、人は口を閉ざしたり、事実を隠蔽したり、書類を偽造することを厭わない。相手が満足していれば、自分の失敗を望まず、むしろさらなる利益を享受できるように大儲けしてほしいと願うのだ。

　次に立ち寄ったのは、港で最も小さな埠頭だった。そこには錆びた鋼の漁船が木製の船とともにぎっしり係留され、なかには硬質プラスチックの船も何隻かあった。すべてに共通しているのは、ホフマンがそれまでに見たどの船よりもひどい状態だということだった。全部で十七隻。会計士によると、ライバル会社は一回の航海に一隻しか出さず、船に乗せたら最後、あとの旅には責任を持たないところばかりだという――出航から最終的な目的地まで。そうしたサービスは、とにかく急いで飢えや紛争から脱出しようとする客に向けたもので、ホフマンの潜入している組織が提供するような、配慮の行き届いた旅の費用は出せないか、安いチケットは魅力の乏しい移住地を意味することがわかっていないかのどちらかだった。埠頭の突端まで行ったときに、見学が中断された。オマールの携帯が鳴ったのだ。電話に出て、相手が誰だかわかると、彼は背を向けて話しはじめた。日ごろ、あえて装っている自信に満ちた攻撃的な口調は鳴りをひそめ、英語は聞き取りやすくなった。できるだけ理解してもらおうと努めているようだ。予定されている会合の件だというのは、オマールの背後に立っているホフマンにもわかった。そして、そのしゃべり方から判断して、重要人物と顔を合わせるらしい。自分たちよりも地位が上の人物。その証拠に、オマールは背筋を伸ばして相手の問いに答え、会計士のほうを心配そうに見やった。彼女はうなずいて、オマールを落ち着かせようとした。だが、意外にも彼は場所や時刻、関係者の名前にはいっさい触れずに、うまく会合を手配してみせた——したがって、何者かが傍受して内容を書き留めたとしても、口調やしぐさがわからなければ、意味のない会話に見えるだろう。

「もうじき終わるわ、コズロウ」

背後では、塩気を含んで泡立った海に漁船が浮き沈みしている。

そして前方から、尿や汗の強烈な悪臭が漂ってきて、暗い建物のあらゆるひびから身体の熱が放出されているかのような奇妙な感覚を覚えた。

会計士が指さしたのは、その建物だった。

「これで、仕事のために知っておくべきことはすべて見せたわ——わが社の客以外は。あらゆるビジネスの核心。客がいなければ収益が出ない」

彼女がオマールにうなずいてみせると、彼は両開きの引き戸を開け、空の倉庫らしき建物の中に入って、ピート・ホフマンについてくるよう合図した。

そこに彼らがいた。

その建物には人の息遣いが満ちていた。

ぎゅうぎゅうに詰めこまれ、硬いコンクリートの床に静かに丸まっている。

何百人もの人たちが。

暗がりに目が慣れると、ホフマンは武器を持った見張り役にも気づいた。ひとりは倉庫の北端に置かれた木箱に座り、もうひとりは南側の金属の壁にもたれていた。

「ほぼ毎日、ときには日に何度か、トラブルが起きる。みんな不満がたまってる。暑くて、汚くて、腹をすかせてる。これ以上、待ちたくないんだ」

オマールの目はホフマンを追い、ホフマンを見つめていた。USBメモリの中身を見たときから、ずっと同じように。一キロ近く離れた場所から自分の頭を狙っていた狙撃銃を見せられて以来。敵意。疑念。ホフマンに初仕事のチャンスを与えたのは、会計士だった。

台帳に記入する金額をさらに増やしたいという彼女の欲望だった。一か八かのチャンスに賭けようとしたのだ。一方で、オマールは反対していた。彼の目はピート・ホフマンの一挙手一投足を追い、つねに不信感を抱き、彼がほんのわずかでもミスを犯す瞬間を待っていた。

だが、いまやオマールの視線は、足元にぎっしり詰めこまれた難民とホフマンを行ったり来たりしている。はじめて彼の表情に変化が見られた。

敵意から軽蔑へ。

「だけど、待たなきゃいけない。なぜって、船にとことん詰めこめる人数が集まるまで、いや、俺たちが待たなきゃならないからだ。船が出るのは、すっかり満員に、いや、定員オーバーになってからだ――暑かったり腹をすかせたりしても、喧嘩する暇も場所もない。撃つべきときには、撃つ」

そして、ふたたび軽蔑から敵意に戻った。

「おまえもだ、コズロウ」

「撃つべきときには、撃てと？」

「そうだ」

「あるいは、おまえ、おまえたちが撃つべきときには、おれが撃たれると？」

「そのとおり。そして地中海に突き落とされる」

尿と汗の悪臭は遮断できる。その気になれば、存在しないものと見なせる。だが、彼らの呼吸はそういうわけにはいかない。息をしている人間は、生きている。それゆえ無視することはできない。それでもピート・ホフマンは見て見ぬふりをして、彼らの背後の大きな倉庫に目を向けざるをえなかった。その巨大な空間に、数百もの身体が詰めこまれてないないと思いこもうとした。

白い漆喰（しっくい）が塗られたコンクリートの平板の壁は、鉄骨フレームを隠していた。四メートル置きに立つ四角支柱が、それ以外の部分を支える梁（はり）を支えている。

ホフマンはすばやく計算した——支柱の土台が厚さ四ミリだとしたら、一本につき二百五十グラムの導爆線が必要となる。合計で五キロ。確実に建物全体を崩壊させるには、二方向から圧力を加える必要がある——爆薬を倍量にしたプラスチック爆弾を建物の両サイドに仕掛け、爆発によって鉄の梁を同時に右下および左上方向へ圧迫しなければならない。

頭の地図を整理するために、さらに情報が必要だ。

緊急事態下で役立つ類の情報。

「考えごとか、コズロウ？」

「ああ。ここにいる人たちのことを考えてる。難民のことを」

か？」

「撃てるかどうか、自信がないのか？」

「あんたの言葉を正しく理解したかどうか、自信がない――さらに集まるのを待ってるのか？」

「もっとたくさん」

「さっき見た船に乗りこむのか？」

「詰めこむのはちっとも問題じゃない。彼らがパニックを起こさないようにする、落ち着かせる、それはおまえの仕事だ、コズロウ。何かあったら、かまわず撃て。父親でも、母親でも、子どもでも、とにかく旅の妨げになるようなやつは。それはここでも波止場でも、海の上でも同じだ。彼らが金を払えば、俺たちが報酬を受け取れば、あとは運んでる荷物よりも船を守るほうが大事だ」

オマールは大声でしゃべった。その甲高く耳障りな声は、あふれんばかりの倉庫にいる誰に聞こえてもおかしくなかった。実際、少なくとも何人かが彼の言葉を理解した。その証拠に、難民のあいだに困惑したどよめきが広がり、オマールが〝撃て〟と言った瞬間、年配の男が叫び声をあげ、若い女が立ち上がって、脚やら肩やら腰を乗り越え、すり切れた靴でホフマンたちのほうへ駆けてきた。見張り役が彼女の頭上に向けて発砲し、二発目で女がようやく止まると、その後は異様な沈黙が訪れ、何百人もの人が音を立てないことに集中した。

「これまでの最高記録はな、コズロウ、あの大きさの船だと四百六十四人だ。明日はその記録を更新するだろう。少なくとも二十人は。そうやって限界まで乗せるのに、いい顔をしないやつもいる。上層部の連中だ。あいつらには方針とか、ルールとか規則がある。ライバル会社と違って、何があっても沈没の危険は冒さないという。だが、俺たち現場の人間は、いつも無視してる。どうしてそんなのを守らなきゃならないんだ？　それに、知られなければ済む問題だ。そうだろう？　二十人多く運べば、利益が八万五千ドル増える」

「九万ドル」

会計士は苛立ちひとつ見せずに同僚の言葉を訂正した。それどころか、心からの温かい笑みを浮かべた。そしてホフマンに向き直ると、賢明にも声をひそめた。

「こうした数字を聞けば、船全体にどれだけの価値があるかがわかるでしょう。経費を差し引いて、利益を配分する前に。そして、あなたがもたらす情報で、その数字を維持して、うまくいけば増やしたいと思っている理由も。それが私にとって、なぜそんなに重要かということも」

ホフマンは、わかっているふりをしてうなずいた。

だが、実際にはまったくわからなかった。

動物。

彼が見ている人たち、彼を見つめている人たちは、この暑さのなか、何日も劣悪な環境に置かれ、動物のようなにおいを放ちはじめていた。動物のように監視され、動物のように捕らわれ、動物のように値をつけられる。もっと尊厳を持って生きられる場所へ行くために金を払ったにもかかわらず、金を渡したとたんに尊厳が奪われる。

ピート・ホフマンは、ふいにそのことに気づいた。そして心を決めた。

エーヴェルト・グレーンスのために名前を突き止め、スウェーデン警察をスウェーデンの窓口役へと導く――もはや、それだけではじゅうぶんではなかった。人間の尊厳よりも金を重視する連中は、新たな窓口役を見つけて、さらに難民を送りこむだろう――あいかわらず彼らを動物のように扱い、運ぶ途中で窒息死（ちっそくし）させて。

ホフマンは、返されることのない借金を回収しようと決意した。ただひとつ取りうる方法で――他人の命を奪う連中の命を奪う。

だが、密航業者は単に死ぬだけではない。

やつらにとって大事なものを残らず奪ってやる――金も、金を稼（かせ）ぐ手段も。ときには根こそぎ奪うことも必要だ。

それは長く苦しむ死、毎日少しずつ蝕（むしば）まれる死にほかならなかった。

風にはためき、ひゅうひゅう音を立てている青と白のビニールテープ。そして、側面に四角い穴を開けられた空（から）の貨物コンテナ。残っているのは、それだけだった。警察官としての四十年間で目にした最も悲惨な光景を思い出させるものは。

周囲では、ふだんと変わらないヴァータハムネン港のせわしない日常が繰り広げられていた。

カモメが鳴く。巨大な釣り竿のようなクレーンが、木枠やコンテナをつかんで吊り上げる。トレーラーが出航を控えた船に乗りこむ。ほどなく船は、曇り空とバルト海の冷たい水が交わる彼方に姿を消すだろう。

なぜふたたび戻ってきたのか、自分でもわからなかった。ここに新たな答えはない。だからといって、エーヴェルト・グレーンスはそれ以上、警察本部にいることにも耐えられなかった。

オフィスでデスクに座り、ブラックコーヒーを三杯飲んで頭をすっきりさせつつ、専門的な報告書に残らず目を通した。

その後、休憩室へ行って、置きっぱなしになったぱさぱさのシナモンロールを食べながら法医学の分析結果を読んだ。

それからオフィスに戻り、シーヴ・マルムクヴィストのカセットテープをかけると、すり切れたコーデュロイのソファーに寝そべり、スヴェンとヘルマンソンが行なった事情聴取の調査書を読んだ。

そして居ても立ってもいられなくなって、ここに来た。

犯行現場に。

だが、最初にコンテナを開けたときのように、どうしようもない悲しみと怒りがこみ上げるばかりだった。それ以上、何も感じられないと確信して、自身の奥底に留まっていた無言の涙を流したときと同じく。

それがふたたびこみ上げてきた。そして前回と同様、ビニールテープをまたいで少し離れ、硬いアスファルトに腰を下ろして、形だけでも距離を置こうとした。

くそくらえ。

くそ。

くらえ。

七十三名。

それだけの人間が、あそこに横たわっていた。金属に閉じこめられ、互いに積み重なるように押しこめられて。

「エーヴェルトさん？」

鳴り出した携帯電話を、どういうわけか無視できなかった。

「エーヴェルト・グレーンスだが」

「私です、ソフィアです。じつは……どうしたんですか？　大丈夫ですか……」

「受信状態が悪いんだ。いま、外だから。すぐによくなる」

おそらく彼女は、受信状態のせいでないことに気づいている。

だが、気にしないことにした。

「あんたから電話があるとはな、ソフィア。用件は？」

「番号を教えてください」

グレーンスは送話口を手でふさぎ、それがなんであれ、呑みこまなければならないものを呑みこんだ。

「番号？」

「上着に縫いこまれていた電話の番号です、エーヴェルトさん。ピートの指紋がついていた」

ようやく声が落ち着きを取り戻してきた。

彼は咳払いをした。

「なぜだ？」

「さっき話したんです……あなたが話したかった相手と」

「それで？」

「ここにいらしていただければ、お教えします。私の自宅に。ピートにさんざん教えられたんです。この手の情報は、機材さえあれば誰でも盗聴できるから、電話で話すべきではないと」

エーヴェルト・グレーンスは、しばらくアスファルトに座っていた。

風が強まり、ビニールテープは、もはやひゅうひゅう音を立てるのはやめて、みずからを引きちぎるかのように、ばたばたはためいていた。

彼女が恋しかった。この海峡の向こう側にぼんやり見えている介護ホームで、週に一度の訪問を待っていた彼女が。グレーンスは、愛する人と離れて生きなければならない現実を、それがふたりの運命であることを受け入れたものの、彼女の死が心に残した孤独に耐える方法は学んでいなかった。いま、この瞬間、どうしても彼女が必要だった。抱きしめ、頬を撫で、話しかけて、彼女が自分を理解してくれたと思いこむために。たいていの場合、それでじゅうぶんだった——何かを声に出して言うだけで、黙っている彼女の顔に自身の考えを見つけた。

グレーンスは立ち上がると、解けそうなビニールテープの片端をつかみ、ぎゅっと引っ張って結び直した。車に戻り、ストックホルムの中心街を抜けて、なかなか進まない午後の道路をエンシェーデに向かって走るあいだも、グレーンスの思いはアンニから離れず、彼女のことを考えるだけで、いつでも心が軽くなると気づいて驚いた。彼女が若くして重傷を負い、孤立した世界に身を置くことになっても、ふたりは人生を分かちあう機会を完全に失ったわけではなかった——まだ互いの存在があった。もし選ばざるをえないのなら、彼女と出会わない人生よりも、やはり最後までふたりでいる人生を選んでいただろう。

ホフマン家の門の外に車を駐めると、生垣のまばらな部分から、ふたりの息子が隣家の庭にいるのが見えた。数えてみると、半袖シャツの男の子が六人、サッカーのようなゲームをして走りまわっていた。

玄関前の段までたどり着かないうちに、ソフィアがドアを開けた。前回自宅を訪ねた際には他人行儀で当惑を隠さず、学校では疲労と攻撃的な態度を交互に見せていた——だが、いまは何かを決意しているような表情だった。

「上がってください。キッチンで話しましょう。どうぞこちらへ。靴はそのままで。コーヒーでいいですか？」

ソフィアがコーヒーを注いだのは、グレーンスがときどき訪れる、駅の向こう側のベリィ通りにあるカフェで出されるような大きなグラスだった。グレーンスにはブラック、自分用にはミルクをたっぷり入れて。

「アマドゥ。それが名前です、エーヴェルトさん。私の生徒の」

彼女は熱を吸い取ろうとするかのように、両手でグラスを包みこんだ。

「今日は、あの子のクラスの授業が三時間ありました――彼は七人で授業を受けてます。みんな西アフリカ出身で、フランス語が母国語。今朝いらしたときが一時間目でした。二時間目と三時間目は、通常の倍の時間の授業だったので、さっきお電話した直前に終わったところです」

ふたりのあいだのキッチンテーブルに、一枚の紙が裏返しに置かれていた。メモ帳から破り取ったのか、端がぎざぎざになっている。彼女はそれに触れ、見せるかどうか決めかねているように押さえたまま話しはじめた。

「毎回、生徒が教室に入る前に、携帯電話を預かって小さなかごに入れておくんです。教師が全員、そうしているわけじゃありません。でも、私はきちんと授業に集中してほしくて。携帯をいじってたら集中できないでしょう。だけど今日は、あなたが来てから、もうひとつの電話のことが気になってしかたなかった——上着に縫いこまれていたという電話です。ピートの指紋がついてた。だから、午後の授業のあいだの休憩時間に、アマドゥの発信履歴をチェックしたんです。短かかった。かけた番号は四つだけ。いま暮らしてるグループホームに十二回。ほかの生徒に二回。私に五回。それから、未登録の番号に七回」

七回の電話。

誰だかわからない番号に。

死者に電話をかけていた人物に、ほんの少し近づいたかもしれない。

「番号を教えてください、エーヴェルトさん。上着に縫いこまれてた電話の。このメモの番号と照らしあわせてみたいんです」

コーヒーをもう半杯。

グレーンスはヘルマンソンに連絡して、例の八カ所からかけられた電話の発信者番号を教えてほしいと頼んだ。

そして、その番号を書き取った紙をソフィアのメモの横に置くと、彼女は自分のメモを裏返した。ふたつの番号は同じだった。

「やっぱり。これでわかったわ。あなたは彼と話をする必要がある」

彼女は声も動作も変わらなかった――あいかわらず覚悟を決め、夫の帰国を阻(はば)んだ男に対する反感を一時的に抑えていた。

「でも、私に迎えに行かせてください。グループホームから彼を連れてきます。私から言ったほうが、あなたにいろいろ話すと思います。私がずっとそばについているとわかれば。頭がよくて、人の心がわかる、とてもいい子なんです――だけど、居住許可の取得はあまりにも煩雑(はんざつ)で、どうしても用心深くなります」

グレーンスはうなずいた。申し分のない方法だった。

「ひとつだけ聞いておきたい」

「なんでしょう？」

「彼は従姉(いとこ)が死んだことを知ってる様子だったか？」

「いいえ」

「俺から話してもかまわない。残念ながら、俺たち警察官はそうせざるをえない場合があるから、ある意味では慣れている」

ソフィアは彼の手に手を重ねた。長い時間ではなかったが、グレーンスが誰かに触れられる感触を思い出すにはじゅうぶんだった。

「ありがとうございます。でも、あなたに会うよう説得するためには、私から話さないと。あなたから、警察官から、尋問みたいな口調で数少ない大事な人が亡くなったことを聞かされたら、きっと怯えるから。だけど、あなたにも手伝ってほしいことがあります、エーヴェルトさん」

「なんだ？」

「いっしょに来るよう説得できるまで、どれくらいかかるか見当もつきません――だから、ラスムスとヒューゴーを呼び戻して、しばらく留守にすると伝えます。その代わり、あなたがいると。私が帰ってくるまで、ここにいてくださると助かります。家にふたりきりで残しておきたくないんです――ここが安全だということに、まだ慣れなくて」

思ったとおり、ふたりは生垣の向こう側でサッカーをしていた。

汗だらけで膝に草の染みをつけた男の子たちは、キッチンテーブルのグレーンスの両側にひとりずつ座り、その間にソフィアは玄関のドアを閉め、ヒューゴーよりほんの少し年上の少年を迎えに出かけた。両親がいなくても生き延びる方法を早くから学ばざるをえなかった少年を。そして、それよりもはるかに年上の警部は、その日の朝、ショックを受けた母親を抱きしめようか迷って気まずく感じたかと思えば、いまはテーブルに肘をつき、彼女の息子たちを前にすっかり途方に暮れていた。

「ええと」

ふたりが彼を見て、続きを待つ。

「今日は、その……学校はどうだったかな？」

彼らは顔を見あわせた。それはママがいつも訊くことだった。それから、毎朝スピーカーフォンでパパも。でも、お巡りさんが？　どうしてお巡りさんが学校のことを知りたがるんだろう。

「何かいたずらでもしたんだろう？」

会話はちっともうまくいかなかった。なにしろグレーンスは、ふたりと一年以上会っていないのだ。コツがわからなかった。この春に、スヴェンの息子のヨーナスと何度か話したが、それだけだ。それが唯一の経験だった。

「そうしたら……喉は渇いてないか？　俺はコーヒーを淹れるのが得意なんだが、そんなのは飲まないよな？　水はある。冷蔵庫にジュースとか牛乳もあるんじゃないかな」

「おなかすいた」

小さいほうの、ラスムスという名の六、七歳の子が、真剣な表情でグレーンスを見た。

少しずつ進展している。話題が見つかった。

「ふたりとも……腹が減ってるのか？」

「うん。いつもママが学校から帰ってきたら、おやつを食べるんだ」

「そうか……で、何を食べるんだい？」

「パンケーキ」

「パンケーキ？」

「いつもじゃないけど」

「よし、どこにあるんだ？」

「作るんだよ」

「きみたちが？」

「ママが作って、僕たちは手伝うんだ」

「俺は……そういうのは得意じゃないんだ。パンケーキとか、そういったものは。正直なところ、料理はちっとも得意じゃない」

ラスムスはすばやく椅子から飛び降りると、その椅子をシンクのほうに押し動かして、よじのぼった――そして、壁の戸棚の取っ手に精いっぱい手を伸ばして開け、小麦粉の袋を取り出した。

「卵もいるよ。ふたつ。それから牛乳も」

あっという間だった。小さいほうの男の子は、すでに彼を信用している。

自分が家にいる唯一の大人だと、ラスムスがごく自然に受け止めたことに気づいて、グレーンスはどこかやさしい気持ちになった。

「小麦粉。卵。牛乳。それで全部か？　きみが先生だ、ラスムス」

「バターも。あと塩。それから、これ」

男の子はもう少し下の戸棚からワッフルメーカーを取り出した。

だが、カウンターに置かれたものが何なのかということくらいは、グレーンスにもわかった。

「知ってるかい、ラスムス？　それはパンケーキを焼くものじゃない」

「そんなことないよ」

小さな手がワッフルメーカーの蓋を上げたり下げたり、上げたり下げたりする。まるで大きな口が開いたり閉じたりしているようだ。

「ほら、エーヴェルトさん、ここに生地を入れるんだ。それで閉めて、この機械に呑みこませる。ちょっと待つ。そしたら、できあがり」

エーヴェルト・グレーンスは重いワッフルメーカーをカウンターの中央に押しやった。端っこに置かれていて、落ちそうだったのだ。

「よし」

　ふだんは電気ケトルがつながれているコンセントにプラグを差しこむ。

「きみの言うとおりだ、ラスムス。これを使おう。今日は格子模様のパンケーキを作るんだ」

　ワッフルメーカーと同じ戸棚に、プラスチックの頑丈なミキシングボウルが入っていた。レードルと泡立て器はカトラリーの引き出しにある。ラスムスの小さな手と、グレーンスのずっと大きな手が材料をかき混ぜ、途中で警部はすばやく上着を脱いで、ヒューゴーのとなりの椅子の背に放った。

「エーヴェルトさん？」

　今度はラスムスがかき混ぜる手を止めた。

「なんだい？」

　おなかがすいていると言ったときと同じ、真剣な口調だった。

「僕たち、親戚になったの？」

「なんだって？」

「エーヴェルトさんは、僕たちのおじいちゃんみたいなもの？」

「そうじゃないってわかってるだろ！」

　ソフィアが出かけてからヒューゴーが口を開いたのは、それがはじめてだった。その言い方も、兄が苛立っていることも、グレーンスは気にしなかった。大事なのは、彼との距離が少しずつ縮まっていることだ。

「いいや、俺はきみたちのおじいさんじゃない。誰のおじいさんでもないんだ、ほんとうのところ」

「だったら、おじさん？」

弟は兄に言われてもめげなかった。気になってしかたがないらしく、質問攻めにする。

「そうなの、エーヴェルトさん？　おじさんなの？」

「あいにく、おじさんでもない。残念だけど、きみたちの親戚ではないんだ」

「でも、なりたかったらなれるよ。僕たちには、おじいちゃんもおじさんもいないから。友だちにはみんな、いるのに」

グレーンスはいっそのこと根負けしたい心境だった。とても魅力的に思えた。親戚になるのは。

「いまは、いないかもしれないが、昔はおじいちゃんがいたんだろう？」

「ううん。僕、会ったことないもん」

今度は、ヒューゴーは振り向いて会話をさえぎった。

「いたよ、ラスムス。ずっと前に。覚えてないだけだ。おまえはまだ小さかったから。僕たちが……」

ヒューゴーがエーヴェルトの目を見つめた。同意を求めるかのように。

「……引っ越す前だ。あのいまいましいコロンビアに。そのあとも、おじいちゃんは何度か来たけど」

まだ九歳だ。悪態をつくことには慣れていない。それは明らかだったが、自分のものにしていない言葉を精いっぱい自然に使おうとして気負っていた。グレーンスは、ボゴタの空港ではじめて会ったときのことを思い出した。あのとき、すでにヒューゴーは弟よりも慎重なそぶりを見せていた。飛行機がストックホルムへ出発する直前に、グレーンスは兄弟の父親の助けを借りて、ラスムスに彼の名前がセバスチャンではないことを知っていると打ち明けた。それから、おとなしくてもう少し背の高い少年のほうを向いた。

〝そうすると、おまえさんは……〟

〝ヒューゴー。ヴィリアムって名前、好きじゃなかった〟

〝そうか、俺もな……〟

エーヴェルト・グレーンスは顔を近づけ、少年の耳元でささやいた。

〝……エーヴェルトって名前は好きじゃないんだ。だがな、こういう名前なのはもうしかたがない。結局はなじんじまう〟

そしてふたりはほほ笑みあった。そこでも秘密を共有した。

それを思い出して、グレーンスはヒューゴーのとなりの椅子に腰を下ろし、上着がしわになるのもかまわずに背にもたれた。

「ヒューゴー？　今朝、俺がお母さんを訪ねたときに、校庭でこっちを見ただろう。だけど気づかないふりをした。それに、俺がお母さんの代わりにここにいることを、ちょっぴり心配してるというか、そんなふうに思ってるのも知っている。だけど覚えてるか、ヒューゴー？　空港でのことを。あのとき秘密を共有した。きみと俺で。その秘密は、いまでも俺たちだけのものだ——俺が自分の名前を好きじゃないことを知ってるのは、世界じゅうできみひとりだ。ほかの誰にも打ち明ける勇気がなかった」

グレーンスはヒューゴーに腕をまわし、やさしく抱きしめた。

気まずさも違和感も覚えなかった。

それから立ち上がり、ラスムスがワッフルメーカーから格子模様のパンケーキを次々と取り出すのを手伝った。そして耐熱性にちがいないガラスのトレーがいっぱいになると、オーブンに入れ、摂氏百五十度で十枚のパンケーキを均等に温めた。

「僕、洗うの得意だよ」

そう言って、ヒューゴーはついに立ち上がると、グレーンスと弟のあいだに身を割りこませ、生地の入っていたボウルと、べとべとになったレードルと泡立て器に手を伸ばした。蛇口から熱い湯を流し、けばけばしい緑色の食器洗い洗剤をたっぷりつけ、ディッシュブラシでごしごしこすり、何度も洗い流してからボウルを掲げてチェックしてもらい、グレーンスがうなずいて、きれいになったと認めると、乾かすために注意深く水切りかごに置いた。

「パパと知り合いだよね？」

ヒューゴーはグレーンスを見ないで尋ねた。おそらくそのほうが、話しやすいのだろう。目を合わせないほうが。

「もちろんだ、ヒューゴー」

「どれくらい会うの？」

グレーンスは言葉に詰まった。

こんな質問には、どう答えたらいいのか。

もう会わないはずだった。

なのに二日前に会っている。

「そんなには会わない。あのころは……よくいっしょにいたものだが。コロンビアでは」

「僕も、もうパパとは話したくないんだ」

エーヴェルト・グレーンスは蛇口を閉め、ヒューゴーのがりがりに痩せた九歳の肩に手を置くと、そっと向きを変えて顔を突きあわせた。

「何が……言いたいんだい？」

「パパとは話したくない。もう帰ってこないかもしれないから」

「ヒューゴー、よくわからないんだが」

「話を聞いちゃったんだ。コロンビアで。夜遅く。パパもママも、僕が眠ってると思ってた」

「話？」

「ラスムスと僕が知っちゃいけないこと。死んだ人のこととか。パパも死ぬかもしれないこととか」

グレーンスはヒューゴーの髪を撫でた。

やはり気まずさも違和感もなかった。

「お母さんに話したのかい？　きみが夜中に聞いてたって。パパの具合がよくないって心配してるって」

「ママも嘘つく」

「嘘？」

「ほかのことは、つかないけど。ほかのことじゃ、ぜったいに嘘はつかない。だけど、このことはつく。パパのこと。だから話せないんだ」

ヒューゴーは逃げ出そうとしなかった。その場に留まった。

「パパもママも嘘つきだ。しかも、パパはいろんなもの隠してる。どこに隠してるか、僕だけが知ってるんだよ」

「隠してる？」

「うん。それに、ときどきほんとのことも言わない」

自宅ではない家のシンクの前で、エーヴェルト・グレーンスは、ひとりの若い人間の全宇宙をゆだねられたことに気づいた。両親が思っているほど幼くはない人間。はからずも聞いてしまった話について、懸命に考え、自分なりの結論に達し、そのことで悲しんでいる。

「お父さんが嘘をついてると言ったな。何かを隠してると。だが、そのことをきちんと話さなかったら、お父さんは一生知らないままだぞ」

「もう話せないよ。銃声が聞こえたんだ」

「銃声？」

「うん」

「いつ……？」

「この前の朝。いつもママがテーブルに電話を置いて、朝ごはんを食べながら、みんなで話すんだ。パパと。だけど、聞こえるのは声だけじゃない。なんでも聞こえる。お祈りの声とか。誰かが大声で叫んでるのとか。スピードを出しすぎた車とか。最後に話したときは銃声だった。最後に僕がパパと話したとき。そのあと、僕は外に出て、段のところに座ってた」

「きみが聞いたのは、なんの銃声だったのかな、ヒューゴー？」

「パパが行っちゃうすぐ前に。だから電話を切ったんだ。撃ちあってたから。危なかったから」

九歳ながら、父親の身に起きていたことを驚くほどよく理解している。

一家でコロンビアへ移住したころから、ひょっとしたらその前から、ヒューゴーはうすうす気づいていた。父親が何をしていたのか、正確には知らないし、潜入捜査員が毎日命を危険にさらしていることも知らなかったが、不安を感じるほどには理解していた——男の子はそうした考えから守ってやらなければならない。思っているほど強くはないのだ。

皆でテーブルの用意をした。グレーンスが高いところにある皿やグラスを取り、ラスムスはナイフとフォークを並べて苺(いちご)ジャムの瓶にスプーンを入れ、ヒューゴーは赤と青の縞(しま)

模様のナプキンを折りたたんでカトラリーの下に敷いた。それぞれ二枚ずつ食べたとき、エーヴェルト・グレーシスはヒューゴーが心配そうに頬をこすっているのに気づいた。息も乱れ、これといった理由もなく、浅い呼吸にたびたび深い呼吸が交ざっている。

「ヒューゴー？」

「うん？」

「大丈夫か？」

またしても頬に手をやる。同時に、ふたたび深い呼吸が始まった。

「ヒューゴー――どうしたんだ？」

「なんでもない」

「答えてくれ」

グレーンスは、頬に触れていないほうの手をつかんだ。

しっかりと。痛くない程度に。

「ヒューゴー？」

「エーヴェルトさんがどうして来たのか、知ってるよ」

ヒューゴーの目。さっきと同じようにグレーンスの目をのぞきこむ。

「どうしてだ？」

「パパのことでしょ」

グレーンスはヒューゴーの手を握りしめるのをやめた。

だが、手は離さなかった。

ヒューゴーも動かさなかった。

「パパに何かあったんだ。銃声が聞こえて、パパが帰ってこなくて、ママのあの声と顔。それから、エーヴェルトさんが来た」

九歳の不安に満ちた賢い目が、答えを求めてグレーンスの目を見つめる。

「僕たちにも何か起きるの、エーヴェルトさん？　何か悪いことが」

「スペードのキング」

ラスムスの声は、どちらにも解釈できた。

い、い、い、い、スペードのキング。

エーヴェルト・グレーンスは、やはりどっちつかずの七歳児の目を見た。無表情。少なくとも、かぎりなくそれに近かった。

「スペードのキングだな?」

「スペードのキングだよ」

グレーンスはやむをえずヒューゴーを見た。そちらのほうが、わかりやすい。満足している。そう見えた。

「どうだ、ヒューゴー。弟の言うことを信じるか?」

「僕は何も信じない。次はエーヴェルトさんの番だよ。自分で決めなくちゃ。パスする?

〝ダウト〟する？」

警部は裏返しに重ねられたカードの山をじっと見つめた。次に、ラスムスが握りしめている四枚のカード、そしてヒューゴーの手の中の二枚。グレーンス自身は九枚残っている。断トツで不利だ。

「取調室できみたちと対面するのは、まっぴらごめんだな」

ラスムスの表情のない顔。グレーンスはその奥まで見抜こうとしたが、歯が立たなかった。長年のうちに、殺人犯、殺し屋、麻薬王、マフィアのボスの尋問には、かなりの自信を持てるようになっていた。無意識のしぐさを読み取り、もどかしい黙秘を打ち破り、嘘の壁を突き崩す。だが、そうした経験は、ここではいっさい役に立たなかった。犯罪者と違って、七歳の少年は動きもせず、考えもしゃべりもしなかった。おまけに、嘘の腕前もくらべものにならない。

「迷うところだが、ラスムス、考え中だ……ダウトを言うべきかどうか」

「考え中？」

「いや、言おう。ダウトだ。カードを見せてくれ。どうせはったりだろう。そのカードの山は全部きみのものだ」

「残念でした、エーヴェルトさん。まただ」

ラスムスは手を伸ばし、山のいちばん上に出したばかりのカードをめくった。

スペードのキング。

彼の言ったとおり。

「ほらね、エーヴェルトさん。それ取って。全部だよ」

ふたりの兄弟は、このうえなく満足そうだった。キッチンテーブルで自分たちのあいだに座っている対戦相手の手札が、九枚に加えて、いきなり八枚も増えたのだ。正確には両手札が。両方使わないと持てない。手持ちのカードの数を減らし、ゼロにした者が勝つゲームで、大きく遅れをとってしまった。

「ラスムス、ヒューゴー、ふたりを刑事の補佐に任命しよう――次に取調室で犯人を落とす際には、ぜひとも同席してもらいたい。きみたちの目はごまかせないからな。それどころか、完全に犯人を欺けるはずだ。たったいま俺を欺いたみたいに」

エーヴェルト・グレーンスはほほ笑んだ。胸から腹部にかけて、温かくやわらかなものが広がるのを感じる。これまでに得たことのないような安らぎだった。パンケーキに苺ジャムをつけて十枚をたいらげ、皿を洗って片づけてから、ラスムスがトランプを取りに行くと、もう一度キッチンテーブルに座って、ヒューゴーが説明する初耳のルールの数々に黙って耳をかたむけるのは、このうえなく自然な流れだった。

グレーンスには家族がいない。だから、家族の一員であることがどんなふうなのか、想像がつかなかった。だが、この何気ない時間を家族の生活に当ててはめてみるだけで、驚くほど心を打たれた。たとえ、ここに来た理由が最悪の状況に端を発するとしても。あるいは、むしろその状況のせいで、これほど感動しているのかもしれない。

「帰ってきた！」

門が開くと同時に、ラスムスはいつ、どんなときでも聞き分けられる足音を聞いてキッチンを飛び出し、廊下を駆け抜けて、外の段のところで出迎えた。

「ただいま」

母親の足音。

「この子はアマドゥ。今夜、いっしょにおしゃべりするの。私とエーヴェルトさんと、少しお話があるから」

グレーンスはキッチンテーブルに留まり、ふたりが靴とコートを脱ぐのを待った——一度も会ったことのない少年は、あくまでソフィアがこちらへ連れてくるべきだ。すでに怯えている相手を、これ以上怯えさせるような真似はやめたほうがいい。

「お客さまにご挨拶はした、ヒューゴー？」

ソフィアはヒューゴーがアマドゥの差し出した手を握るまで待つと、息子を抱きしめ、ラスムスを連れて部屋に行くよう言った。

「ここに座りましょう。何か飲む、アマドゥ?」

彼女はスウェーデン語とフランス語を混ぜて話し、全員が理解できて、蚊帳の外に置かれる者がないように、ふたつの言語を相互に補いつつ巧みに会話を進めた。アマドゥがうなずくと、ソフィアはオレンジジュースと水をそれぞれグラスに注ぎ、どちらも彼の座った場所の横に置いた。

「やあ、アマドゥ。エーヴェルトだ。俺がなぜここにいるのか、ソフィアから聞いたと思うが」

グレーンスはスウェーデン語で話しかけたが、少年は完全には理解していない様子だった。ソフィアがフランス語に通訳すると、ようやくかすかにうなずいた。

「俺の仕事についても、少し説明してもらったかな?」

少年はふたたびうなずいた。ソフィアからは十四歳と聞いていたが、それよりも幼く見える。おまけに目を赤く泣き腫らし、元気がなかった。

「どうしてきみに会いたがっていたかも?」

背が低くて、骨と皮ばかりに痩せた少年には、いまのところ思春期の兆候はほとんど見られないが、もう間もなくのはずだ。そして、死亡した難民のカップルと明らかな共通点があった。肌の色、体つき。ソフィアの言うように、西アフリカの同じ地域の出身で、そのうちのひとりと血縁関係があるにちがいない。

「さっそくだが……」

グレーンスは、少年が不安に満ちた真っ赤な目をテーブルから上げるまで待った。

「……コンテナについて訊きたい、アマドゥ。何か覚えていることはないか？　コンテイナー・シップについて」

彼が英語を使うと、困惑していた少年は理解したようだった。

「コンテイナー・シップ？」

「そうだ」

少年はソフィアを見た。

「ポルトゥ・コントゥヌール？」

「そう（ウィ）、アマドゥ。コンテナ船（ポルトウ・コントウヌール）」

彼はテーブルに肘（ひじ）をつき、頭を抱えて真剣に考えた。自分の務めを果たそうと必死だった。

「ええと……コンテナが開いたときに、僕が思ったのは……ソフィア、ジョワ、スウェーデン語でなんていう？」

「喜び」

「喜び。うれしかったのを覚えてる」

　グレーンスはさまざまな答えを想定していたが、それは考えていなかった。彼はスウェーデン語で続け、ソフィアがそれをフランス語に通訳し、アマドゥのフランス語の答えをふたたびスウェーデン語に直す。

「着いたときに、コンテナを開けた人物は見たか？」

「うん」

「ひとりの顔か、それとも複数？」

「ひとり。開けた人の顔。何人かいたけど、見えたのはひとりだけ」

「その顔について、何か覚えてるかな？」

「さっきも言った。喜び。あの顔のことを考えると――心の中の不安が全部消えた。やっと着いたんだ。だから、僕にとってはいい顔だよ」

　がりがりに痩せた少年は〝喜び〟という言葉を繰り返し口にした。

　にもかかわらず、打ちひしがれているように見える。

「アマドゥ、ソフィアから、きみの従姉（いとこ）とその婚約者のことを聞いただろう」

　彼は死の知らせを耳にしたばかりだった。

「彼女がきみの従姉だったから。そうだろう?」

「アリソン・スレイマン。それが彼女の名前」

アマドゥはまたしてもテーブルに目を落とした。

「名前だった」

グレーンスは急がなかった。同じだけの時間がかかる。もう一度、アマドゥが顔を上げてこちらを見るまで。

「僕と同じ苗字――スレイマン。婚約者の名前はイドリス……だった。イドリス・クリバリ。写真がある。ソフィアに持ってくるように言われた。あまり荷物に詰められなかったんだ、ここに来るときに。一枚だけ、僕と――ほら、ここにいる――アリソン、彼女はここ、それからイドリスとアリソンの妹。天気がいい日だった」

少年は、すでに色褪せているくしゃくしゃの写真を差し出した。カメラに向かって笑う四人の若者。地面に敷いた布に座って、何かを食べている。夕方で、カメラのフラッシュが四人の目に反射していた。画質がそれほどよくないために断言はできなかったが、アマドゥがアリソンとイドリスと呼んだふたりは、遺体安置所で見つかったふたりによく似ていた。

「アリソンとイドリス、といったな」

「うん」

「できれば……アマドゥ――アリソンかイドリスの身体について、何か知ってることはないか？　ふたりが……もう生きていない人たちと同一人物だと確認できるように」

「ほかの人と違うこと？」

「そうだ。写真には写っていないこと」

少年は先ほどのように頭を抱えこんで思い出そうとした。エーヴェルト・グレーンスが藁にもすがる思いで求めているのは、スヴェンとヘルマンソンが二体の遺体の鑑定書と比較できる手がかりだった――アマドゥの証言の信憑性を高めるもの、のちに証人として必要となるかもしれない信用できる情報。

「傷がある……あった。アリソンは昔、足を折ったんだ。右足。いっしょに高い木に登って葉っぱを取ってたら、枝が折れて落ちた。ずっと痛がってて、たぶん歩くときはずっと痛かったんじゃないかな。何も言わなかったけど、僕にはわかった」

「よし、ありがとう、アマドゥ。骨折は跡が残るからな。ほかは？　あるいはイドリスについて、何か覚えてることはないか？」

「喉。誰かに皮膚を切り取られたみたいな跡があった」

「切り取られた？」

「うん。それで、同じくらいの大きさの、もうちょっと明るい色の皮膚を上から貼りつけた感じ」

グレーンスは、少しだけ少年の肩に手を置こうかと思った。あるいは手を重ねようかと。だが、やめることにした。自身の経験から、そうした触れ合いが裏目に出ることもあると知っていた。慰めたり励ましたりする行為は、ときに押しつけがましくもなる――聖書の言葉とは逆に、与えるより受けるほうが幸いということもあるのだ。

「それは貴重な情報だ。大いに役に立つ。おかげで助かったよ、アマドゥ。きみが教えてくれたことは、あのとき遺体安置所で見た白斑（はくはん）を……身元確認に使えるはずだ。ほんとうにきみの従姉と、その婚約者なのかどうかを確かめるのに。きみの友人だと」

オレンジジュースのグラスが空（から）になり、ソフィアが冷蔵庫へお代わりを注ぎに行った。その間にグレーンスは身体を伸ばそうとした。このキッチンの椅子は、首と左脚がこわばっている老人には向かない。彼は頭上で腕を振り、重たい身体を前後に揺らし、首をまわした。その拍子に、視界の端にそこで見るべきではない光景をとらえた。そこにいるべきではない人物を。

ヒューゴー。

目を凝らさないとわからないが、キッチンの窓に映った廊下の突き当たり。

そこに、ホフマン兄弟の兄が横たわっていた。床に。壁ぎわで身体を丸めて。

話を聞いていた。

見つかったことには気づかずに。

「ソフィア？」

グレーンスは廊下を指さした。

「ちょっとトイレを貸してくれ。そっちかな？」

ソフィアがうなずくと、グレーンスは席を立った。

「そのあとで、もう少し話そう。きみはとても協力してくれた、アマドゥ。あと少しだけ力を貸してほしい。きみはいろんなことに気がつくし、記憶力もいい——もうひとりもどんな人だったか、教えてくれ」

グレーンスは話しながら歩きはじめ、わずか二歩で廊下に出た。

「やあ、ヒューゴー」

驚いた目——まさか見つかるとは思っていなかったスパイ。

「エーヴェルトさん、僕……」

「手を貸そう——立つんだ」

グレーンスは手を差し出し、用心深く小声で話しかけた。これはふたりだけの会話だと、ヒューゴーに理解してもらわなければならない。

「ヒューゴー、きみが聞いてもいい話じゃない」

「うん……だけど大事だから」

「さあ、立つんだ」

「パパのことでしょ。わかってるよ。キッチンで話して、僕たちがいちゃいけないときは、いつもそうだもん。だから聞かないとだめなんだ」

「だが、今夜は違う。パパの話じゃない。今日は、アマドゥのために聞いたらいけない。わかったか？」

頑固。床に寝そべって動こうとしないホフマン兄弟の兄は、まさしくそう見えた。だが、エーヴェルト・グレーンスも負けず劣らず頑固だった。それゆえ、差し出された手は宙に浮かんだままだった。ヒューゴーがため息をついて、立たせてもらうまで。

「話が終わるまで、ラスムスとふたりで部屋にいろ。終わったら、アマドゥと俺は帰るから、好きなだけママといっしょに過ごすといい」

グレーンスはヒューゴーが階段を上って二階に姿を消すまで待った。それからバスルームのドアを開け、トイレの水を流し、洗面台の蛇口をひねると、キッチンテーブルのもうひとりの少年のもとに戻った。

「喜び。たしかそう言ったな、アマドゥ。ジョワ？　フランス語ではそういうのか？」

アマドゥはうなずいた。

「ジョワ」

「コンテナが開いたときに、それを感じた。外に出たときに」

「うん。喜び」

「その喜びをくれた人物の顔を描写できるかな？　コンテナの扉が開いて、最初にその顔を見たんだろう？　何人かいたと言った。でも、見えたのはひとりだと」

ふたりはソフィアが通訳するのを待った。

まずはグレーンスの質問、次にアマドゥの答え。

「描写？　どういうこと？」

「男か、それとも女か？」

「男」

「肌の色はきみと同じか、アマドゥ？　それとも俺と？」

「あなたと同じ」

「髪は暗い色？　明るい？」

「髪はなかった」

「あごひげ、口ひげは？」

「あごひげが少し。何日か剃(そ)ってなかったみたい」

「口は？」

「ふつう」

「鼻は？」

「ふつう」

「目は？」

　アマドゥは同じようにそっけなく答えかけて、ふいに口ごもり、顔をそむけた。

「アマドゥ、目は？　覚えてるか？」

　少年はすばやくグレーンスに向き直ると、自分の目を指さした。

「黒いところの大きさが違った。真ん中の部分。フランス語でなんていうのか知らないけど。光の量によって、大きくなったり小さくなったりするところ」

「瞳孔(ピュピーユ)？」

　ソフィアがグレーンスの目を指さす。

「あなたの目の茶色の中にある黒い部分、彼の目の青の中にある黒い部分でしょう？　だったら、スウェーデン語でもほとんど変わらない。プピル。ふたつだったらプピレル」

「そう、ピュピーユ。コンテナを開けた人の目は、警部さんみたいに青かったけど、光の量は同じなのに瞳孔の大きさが違った」

「大きさが違った？」

「うん。片方の目は瞳孔が大きくて、もう片方は小さかった。ずっと僕を見てた」

グレーンスは今度こそアマドゥの肩に手を置いた。少年は反応せず、嫌がるそぶりも見せなかった。

「とても役に立ったよ、アマドゥ。左右で瞳孔の大きさが異なる顔を捜してみよう。近いうちに、もう一度会ってほしい。似顔絵の画家を連れてくるから、いまと同じように覚えていることを説明してくれ」

あまりにも若い。にもかかわらず、この地にたどり着くことのなかった七十三名と同じ旅をしたのだ。誰もが同じように命を危険にさらす旅は——アフリカのホテルでホフマンから聞いた話によれば——四つの行程に分けられている。車の荷台に乗ってサハラ砂漠を抜け、満員の船で地中海を渡り、トラックに詰めこまれ、船のコンテナに閉じこめられる。

スウェーデン国内で唯一確認することが可能な人物の、ただひとりの証人。

「アマドゥ？」

スウェーデンの密航組織のトップにつながるかもしれない、ただひとつの手がかり。

「うん」

「今日はそろそろおしまいにしよう。あとひとつだけ訊きたい」

「うん」

なぜそんなことを尋ねたのか、エーヴェルト・グレーンスは自分でもわからなかった。時間もない。なんの役にも立たない。

だが、目の前の少年のために。

彼にとっては役立つかもしれない。

何か意味があるかもしれない。

尊厳のようなもの。

それを少年に与えたいと思ったのだろう。

骨と皮ばかりのくぼんだ胸の中で、ピットブルのごとく暴れまわっている悲しみのために。どんなに毅然と振る舞おうと、漏れてくる悲しみ。どんなに自分の役目を果たそうと思っても。愛する人の死を知らされた一時間後に、次々と質問を浴びせられて。

「アリソンの家族。それからイドリスの家族。どうやったら見つけられるだろう？」

「見つける？」

「知らせたいんだ。コンテナでやってきた人たちの親戚に伝えたい。これまでのところ、わかっているのは、きみが教えてくれたふたりの名前だけだ。これまでにも、おおぜいの人に愛する者の死を伝えてきた——そして学んだ。事実を知るよりもつらいことがあると。知らないままでいることだ」

同年代の子どもにくらべ、はるかに人生経験を積んだ少年はグレーンスを見た。彼はわかっていた。同じように感じた。役に立ちたかった。

にもかかわらず、ゆっくりと首を振った。

「わからない。どこにいるのか知らないんだ。イドリスの家族には会ったことがない。アリソンは、従姉(いとこ)だけど……彼女の家族も、僕の家族も、みんなどこかよそに逃げて……どこに行ったかなんて、わかりっこない」

それからアマドゥは三杯目のオレンジジュースを飲み、グレーンスは最後にコーヒーをもう一杯と、三人の少年が食べきれずに残したチーズサンドをひと切れごちそうになった。帰りぎわに、警部はヒューゴーの肩に手を置き——ようやくコツがつかめ、気まずさも感じなくなってきた——〝ダウト〟はおもしろかったと礼を言って、次回はぜったいに勝つと誓った。ラスムスはいっしょにドアの外に出てきて、門の手前でいきなりグレーンスの首に抱きついて不意打ちをくらわせた。そして耳元でささやいた。人はいろんな方法で親戚になれるよ。ただのおじいちゃんやおじさんだけじゃなくて、ときどきだけのおじいちゃんも、格子模様のパンケーキのおじさんもいるって、ほんとに聞いたんだから。ほんとに、間違いなく、そのとおりだった。

アマドゥはグループホームまでグレーンスに車で送ってもらうことになり、ソフィアに対して、もうこの警察官のことは怖くないから大丈夫だと請けあった。彼が助手席に乗りこみ、ラスムスとヒューゴーが家に入ってキッチンテーブルに戻ると――キッチンの窓から、ひょこひょこ揺れる頭が見えた――警部は帰る前に少しだけ話したいとソフィアに言った。

「あんたとピートの子どもたちは、いい子だ」

「ええ、知ってます」

「あと半年かそこらで、ふたりとも自慢の兄弟になるだろう」

「ええ、きっと」

「俺にはすでに――」

「ほんとうは何が言いたいんですか、エーヴェルトさん？」

ソフィアは苛立たしげに問いつめるような視線を向けた。これ以上、自分たちの家族に踏みこまないでほしいと言われていたが、息子たちのベビーシッターを数時間やっただけでは、その気持ちを変えることはできなかったようだ。

「言いたいことがあれば言ってください。私が家に戻れるように。あなたが帰れるように」

エーヴェルト・グレーンスは久しく恐れを感じていなかった。どんなことに対しても。恐れを感じるのは、自分にとって大切なものをすべて失うときだ。

だが、いまのグレーンスは感じていた。恐れを。恐れるあまり、自分の考えをどうやって言葉にすればいいのかがわからなかった。誤解されるのが怖かった。

「ヒューゴーだ」

「ええ、エーヴェルトさん——ヒューゴーがどうしたんですか？」

「すばらしい子だ」

「ヒューゴーがどうしたんですか？」

先ほどのアマドゥに対するときと同じだった。なぜ自分がこんなことを言っているのか、まったくわからなかった。関心を持つ必要のないことに、なぜ時間とエネルギーを費やしているのか。自分の責任ではないことに。

にもかかわらず、関心を持った。そうせずにはいられなかったからだ。

「ヒューゴーは、あまり元気がないようだが」

「知ってます」

「彼は心配している。少し話をしたんだ。俺の印象では……」

「エーヴェルトさん——どうしてわかってくれないんですか？　関わらないでほしいと言ったはずです。あなたは私たちから人生を奪った。何年ものあいだ。それをやっと取り戻したんです。四人でうまくやってました。ついこの前、あなたが現われるまでは。もう二度と現われないと約束したのに。ピートはその世界から永久に足を洗ったはずだったのに！」

最後は叫ぶように言葉を投げつけた。

助手席からアマドゥがじっと様子を見ている。反対側のキッチンの窓からも、小さな頭がふたつのぞいていた。

「あと少しだけ聞いてくれ、ソフィア」

「聞く必要はないわ」

「ヒューゴーは、あんたが思っている以上に多くのことを理解してる。父親の身に何が起きたのか、何が起きているのか、気づいてる」

「ヒューゴーは、ラスムスみたいに変化にうまく順応できていない。それはわかってる。いつもそうなんです。コロンビアでもそうだった。でも、少し時間がかかるだけ。受け入れられなかったんです——」

「彼はいろいろな話を聞いて、自分なりに考えてる。理解してるんだ、ソフィア」

「――私たちの新しい生活を。兄弟のいちばん上って、そういうものじゃないですか？　そして、ふたりに手を貸すのが私の役目です。ヒューゴーがゆっくり順応するようにするのが。私の役目なんです、エーヴェルトさん――あなたのじゃなくて！」

　またしても彼女は最後の言葉を叫んだ。

　アマドゥが助手席で跳び上がり、窓から見えていたふたつの頭が廊下に飛び出して玄関のドアへ向かったが、ソフィアは手を振ってふたりを押しとどめ、中に戻るよう促した。

　エーヴェルト・グレーンスは車まで行くと、運転席にまわってドアを開けた。彼女の反応を恐れていた。何を言っても無駄ではないかと心配だった。不安は的中した。恐れていたとおり逆効果だった。

「ソフィア、あの子には助けが必要だと思う。ほかの誰かの。そういうときもある。たとえばスヴェンという俺の同僚は、人の死に恐怖を感じる。死人が怖い警察官なんて、ほかに見たことがない――どうやって警察学校に入ったのか、見当もつかない。そこでセラピーを受けさせたら、効果があった。まるで……ソフィア、こっちを見てくれ。ヒューゴーにも専門家の助けが必要かもしれない。そのことが言いたかったんだ。それだけだ」

　グレーンスが運転席に乗りこんでも、シートベルトを締めても、エンジンキーをまわしても、彼女は黙ったままだった。シフトレバーを握るまで。そのときソフィアは窓をノックして、彼が開けるのを待った。そしてアマドゥの頬に触れてから、精いっぱいグレーンスのほうに身を乗り出した。

彼女はもう叫ばなかったが、そのほうが胸に深く突き刺さった。静かで冷ややかな声。

「エーヴェルトさん、あなたには子どもがいないから、わからないんです。やっとのことでふつうになってきたものを、あなたは壊した。どうぞお引き取りください。そして、もう二度と来ないで」

（下巻へ続く）

ボックス21

Box 21

アンデシュ・ルースルンド&
ベリエ・ヘルストレム
ヘレンハルメ美穂訳

リトアニア人娼婦のリディアは激しい暴行を受け、病院へと搬送された。意識を取り戻した彼女は、医師を人質に取り、遺体安置所に立てこもった。彼女の目的とは一体？　同じ病院内で薬物依存患者の殺人事件を捜査していたグレーンス警部は、現場で指揮を執ることになるが……。〈グレーンス警部〉シリーズ第二作

死刑囚

Edward Finnigans upprättelse

アンデシュ・ルースルンド＆
ベリエ・ヘルストレム
ヘレンハルメ美穂訳

ジョンと名乗るカナダ籍の男がスウェーデンで逮捕された。グレーンス警部らの捜査で、彼の国籍は偽造されたものだと判明。さらにその正体はアメリカの死刑囚なのではないかという疑惑が浮かぶ。だがその囚人は、数年前に刑務所で命を落としたはずだった——不可解な事件に挑む〈グレーンス警部〉シリーズ第三作

ハヤカワ文庫

地下道の少女

Flickan under gatan

アンデシュ・ルースルンド＆
ベリエ・ヘルストレム
ヘレンハルメ美穂訳

真冬のストックホルム。バスに乗せられた子ども四十三人が警察本部の近くで置き去りにされる事件が発生した。さらに病院の地下通路で、顔の肉を抉られた女性の死体が発見される。グレーンス警部らはふたつの事件を追い始めるが……。地下道での生活を強いられる人々の悲劇を鮮烈に描いた衝撃作。解説／川出正樹

〈訳者略歴〉
清水由貴子　上智大学外国語学部卒，英語・イタリア語翻訳家　訳書『パードレはそこにいる』ダツィエーリ，『六人目の少女』カッリージ（以上早川書房刊）他多数
喜多代恵理子　早稲田大学第一文学部卒，スウェーデン語翻訳家　訳書『わたしも水着をきてみたい』ストルク他

HM=Hayakawa Mystery
SF=Science Fiction
JA=Japanese Author
NV=Novel
NF=Nonfiction
FT=Fantasy

三時間の導線
〔上〕

〈HM㊴-11〉

二〇二一年五月　十　日　印刷
二〇二一年五月十五日　発行
（定価はカバーに表示してあります）

著者　アンデシュ・ルースルンド
訳者　清水由貴子
　　　喜多代恵理子
発行者　早川　浩
発行所　株式会社　早川書房
郵便番号　一〇一‐〇〇四六
東京都千代田区神田多町二ノ二
電話　〇三‐三二五二‐三一一一
振替　〇〇一六〇‐三‐四七七九九
https://www.hayakawa-online.co.jp
乱丁・落丁本は小社制作部宛お送り下さい。送料小社負担にてお取りかえいたします。

印刷・三松堂株式会社　製本・株式会社フォーネット社
Printed and bound in Japan
ISBN978-4-15-182161-5 C0197

本書は活字が大きく読みやすい〈トールサイズ〉です。